D0591346

La dernière larme

RETROUVEZ **W.i.t.c.h** DANS LA BIBLIOTHÈQUE ROSE

Witch 1 :
Le médaillon magique

Witch 2 :
La trahison d'Elyon

Witch 3 :
Le livre ensorcelé

Witch 4 :
Au secours de Taranee

DISNEY

La dernière larme

Adaptation : Elizabeth Lenhard

HACHETTE

VOUS VENEZ POUR CE LOIR, MADEMOISELLE ...

WILL ! *WILL VANDOM* !

C'EST RARE UN LOIR COMME ANIMAL DOMESTIQUE !

IL ÉTAIT DANS LE PARC ! WILL L'A SAUVÉ !

BRAVE GOSSE ! TA BESTIOLE S'EN SORTIRA ! CE N'EST QU'UNE PETITE INDIGESTION. TU DOIS ÊTRE SON ANGE GARDIEN !

JE LE GARDE EN OBSERVATION, SI TU N'Y VOIS PAS D'OBJECTION !

OH ! TOUS CES ANIMAUX !

GRAND-PÈRE ÉTAIT VÉTÉRINAIRE !

OUI ! CE SONT UN PEU MES ENFANTS !

IL LES PRÉFÈRE PRESQUE AUX HUMAINS !

OUI, MAIS J'AIME BIEN WILL ! PROMETS-MOI DE REVENIR !

Irma Lair regarda sa mère, bouche bée.

Mme Lair, visiblement fâchée, se tenait sur le pas de la porte, les poings sur les hanches.

Habituée à ces confrontations familiales, Irma ne se laissa pas démonter. Elle aussi savait faire les gros yeux – spécialement à sa mère – et elle était suffisamment entraînée pour prendre l'expression outrée, mêlée d'incrédulité et de mépris, qui convenait à la situation.

« Comment ma mère peut-elle me demander une chose pareille ? s'indigna-t-elle en silence. M'obliger à quitter ma chambre si calme, si douillette !... »

Irma réfléchit un instant et parcourut sa chambre du regard. À vrai dire, entre la stéréo à plein tube et Laitue, la tortue, qui mâchait bruyamment une carotte dans sa cuvette, la pièce n'était pas exactement ce qu'on appelle *calme*. Et pas tellement douillette non plus... à moins qu'on qualifie de *douillets* un tas de linge sale par terre et une coiffeuse encombrée de cahiers et de bouquins.

« Mais, après tout, qu'importe, se dit Irma avec un haussement d'épaules. Là n'est pas le problème. Ce qui est grave, c'est que ma mère me met dehors, me chasse de mon refuge... Et pourquoi ?... Pour m'obliger à sortir avec un garçon ! »

À première vue, la réaction d'Irma avait de quoi surprendre car, généralement, les filles de son âge adorent sortir avec les garçons, comme elles aiment le shopping, la plage ou les longues conversations au téléphone entre copines.

Oui, mais ce garçon-là – un dénommé Martin Tubbs –, Irma ne le supportait pas. Cet espèce de grand benêt à lunettes n'était pas du tout son genre !

— Irma, lui rappela sa mère en entrant dans sa chambre, tu as promis !

— Promis ? ! glapit Irma. Quand ai-je fait une ânerie pareille ?

— Irma ! gronda à nouveau sa mère d'un air sévère.

Irma la regarda fixement. « Décidément, Maman ne comprend rien à rien ! » se dit-elle.

— Si tu ne sors pas de cette chambre immédiatement, je serai très en colère !

Irma cherchait désespérément une échappatoire, lorsqu'elle aperçut la pile de livres scolaires entassés sur sa coiffeuse. « Les devoirs ! Voilà une excuse imparable ! » Elle se précipita vers sa table et attrapa quelques livres en vitesse.

— J'ai du travail ! gémit-elle. Je dois faire mes devoirs. Envoie Laitue à ma place !

— Cesse de dire des bêtises ! Ta tortue ne va pas sortir avec Martin Tubbs ! Allez, viens maintenant ! Tu te comportes comme une gamine !

Là-dessus, sa mère la prit par le poignet et l'entraîna dans le corridor.

« C'est de la maltraitance d'enfants ! » faillit crier Irma. Mais, pour être honnête, elle ne pouvait guère jouer cette carte-là. Sa mère, en effet, était plutôt du genre maman gâteau : elle passait son temps à confectionner des cookies ou à aider Irma et son frère, Christopher, pour leurs devoirs.

« Je sais ! se dit soudain Irma. Je vais la prendre par les sentiments. »

Tandis que Mme Lair essayait de la tirer

vers l'escalier, Irma s'accrocha au montant de la porte en protestant :

— Une mère ne peut pas faire ça à sa fille préférée !

— Comme si j'avais d'autres filles ! grommela Mme Lair.

Alors, d'un geste théâtral, Irma posa la main sur sa poitrine, jeta à sa mère un regard suppliant et, laissant trembler très légèrement sa lèvre inférieure, déclara d'une voix larmoyante :

— Tu n'as donc pas de cœur ?

— Je t'en prie, répondit sa mère, levant les yeux au ciel.

« Hé ! Ce n'est pas juste, se dit Irma, elle copie mes mimiques. Les yeux au ciel, c'est mon truc à moi ! »

— Ne fais pas tant d'histoires, poursuivit Mme Lair. Tu as donné un rendez-vous et tu dois t'y tenir.

Là-dessus, elle saisit Irma par les deux épaules et l'obligea à descendre vers le salon. Irma, résignée, poussa un gros soupir. C'était fichu. Elle ne pouvait plus y échapper. Mais elle se sentait victime d'une grave erreur judiciaire, car elle n'avait *jamais* donné ce rendez-vous.

« C'est ma stupide goutte astrale qui a accepté l'invitation de Martin. »

Ah, maudite goutte astrale ! pensa-t-elle en bougonnant. Avec elle, ce n'est pas une sinécure d'être Gardienne de la Muraille ! Enfin, il y a pire... comme ces monstres couverts d'écailles, qui nous attaquent dès qu'on a le dos tourné.

Ces derniers temps, la vie d'Irma avait été, disons, passablement chamboulée.

Les premières bizarreries s'étaient produites un jour qu'Irma se prélassait dans un bain chaud. Tout en rêvant à *Smart Odimat*, son émission de télé favorite, elle laissait nonchalamment traîner ses doigts dans l'eau fumante quand, tout à coup, dans le sillage de ses doigts, l'eau avait commencé à s'élever dans l'air ! De grosses gouttes s'étaient mises à danser devant ses yeux écarquillés, et une simple chiquenaude avait suffi à déclencher un véritable ballet aquatique dans la salle de bains.

Les jours suivants, Irma avait découvert qu'elle était capable d'arrêter les vagues, de faire jaillir du sol de grands geysers et même de dévier la pluie !

Ce n'était pas tout. Au collège, elle avait également constaté qu'elle pouvait orienter les interrogations en faisant simplement un vœu.

Pendant ce temps, ses meilleures amies – Cornelia, Hay Lin, Taranee et Will – vivaient, de leur côté, des expériences tout aussi extraordinaires.

Au début, aucune ne s'était vraiment inquiétée de ces étranges pouvoirs. Mais, un jour, la mystérieuse grand-mère de Hay Lin leur avait expliqué l'origine de ces phéno-mènes : une congrégation de sages, dans un lieu céleste nommé Kandrakar, avait choisi les cinq filles, paraît-il, pour « sauver le monde ».

« Rien que ça ! songea Irma. Là, il y avait de quoi s'affoler ! »

Elles avaient alors appris qu'elles possédaient toutes des pouvoirs magiques et que Will détenait la clé de ces pouvoirs. Elle était la gardienne du Cœur de Kandrakar, une sphère de cristal lumineuse qui apparaissait de temps à autre au creux de sa main. Chaque fois qu'elle le libérait, les cinq filles se transformaient en superbes créatures habillées de tenues fabuleuses. Chacune contrôlait un élément : Irma agissait sur tout ce qui avait un rapport avec l'eau, Hay Lin contrôlait l'air, Taranee le feu, et Cornelia, la terre.

« Avec son côté terre à terre, ça lui convient parfaitement ! » songeait Irma en riant toute seule de sa plaisanterie. Bien sûr, elle aimait Cornelia et la connaissait depuis longtemps. Mais, même quand elles étaient petites, son amie avait toujours été un peu trop sérieuse et autoritaire.

« Avec elle, pas question de se laisser aller ! Elle veut tout régenter. D'ailleurs, des cinq Gardiennes, c'est elle qui a eu le plus de mal à accepter cette histoire de magie. »

La suite avait été dure à avaler pour tout le groupe. Elles avaient découvert, en effet, que d'autres mondes existaient dans l'univers et, en particulier, un monde appelé la Zone Obscure du Non-Lieu. Rien que d'y penser, Irma en avait des frissons. Elle se rappelait les habitants de cette sinistre planète – des lézards qui parlaient, des brutes à peau bleue et au regard mauvais, un chasseur redoutable nommé Frost... La Zone Obscure du Non-Lieu était une terre d'exil, un royaume du mal.

C'est pourquoi l'Oracle de Kandrakar avait créé la Muraille, une sorte de barrière qui séparait cette zone maudite de la Terre. Pendant des siècles, la Muraille avait tenu bon et chacun était resté dans son monde.

Mais avec le nouveau millénaire, ladite Muraille, devenue fragile, s'était percée en douze points et, désormais, douze portes permettaient de la franchir. Ces passages étaient tous situés dans Heatherfield, la ville des filles. La mission des jeunes Gardiennes était simple : il s'agissait de trouver les portes et de les refermer.

« Simple, mais pas facile ! » se disait Irma en descendant l'escalier.

La grand-mère de Hay Lin leur avait donné un plan. Mais cette carte magique ne révélait l'emplacement des portes qu'après coup.

Généralement, les Gardiennes en trouvaient une au moment où un monstre la franchissait, avec le désir évident d'en découdre ! Elles s'étaient déjà battues contre certains de ces horribles individus et avaient failli y laisser la vie.

La défection de leur amie Elyon Brown ne leur avait pas facilité la tâche. Les cinq filles venaient à peine d'être nommées Gardiennes lorsque leur camarade était passée de l'autre côté d'une de ces fameuses portes pour aller vivre dans la Zone Obscure du Non-Lieu. En se ralliant à l'ennemi, elle était devenue froide et méchante, et maintenant, elle essayait d'éliminer les Gardiennes.

Arrivée au pied de l'escalier, Irma se

remémora les coups tordus qu'Elyon avait utilisés pour les attirer. Elle les avait tourmentées de mille façons. Un jour, elle avait failli les tuer en dressant autour d'elles des murs de brique meurtriers. Finalement, elle avait capturé Taranee et lui avait fait croire que ses amies l'avaient oubliée.

Mais Elyon avait sous-estimé les Gardiennes. Malgré les dangers d'une telle entreprise, celles-ci avaient volé au secours de Taranee. Avant de s'aventurer dans la Zone Obscure du Non-Lieu, ignorant pour combien de temps elles partaient, elles avaient utilisé leurs pouvoirs magiques pour créer des « gouttes astrales » – des doubles chargés de les remplacer à l'école et à la maison. Le système avait bien fonctionné. Aucun des parents ne s'était aperçu de leur absence. Le double d'Irma avait même passé un contrôle de sciences à sa place.

Hélas, elle avait aussi accepté l'invitation de Martin Tubbs.

« Ma goutte astrale était censée assimiler toutes les pensées qui s'agitent dans mon cerveau, songeait Irma, désespérée. Elle aurait dû savoir à quel point je hais Martin ! Je le déteste depuis ma plus tendre enfance ! Il faut vraiment être débile pour accepter de sortir avec lui ! »

En entrant dans le salon, Irma aperçut Martin assis dans le grand fauteuil et, à côté, son petit frère Christopher occupé à un jeu vidéo. Ce dernier accueillit sa sœur avec un sourire moqueur.

— Toi, tais-toi ! lui souffla-t-elle en passant.

D'un seul coup d'œil, Irma jaugea l'intrus : son visage rougissant, ses yeux globuleux derrière ses grosses binocles, et surtout sa tenue... Il était affublé de son uniforme de scout bleu – short, soquettes, foulard et tout le reste. Avec sa gaucherie habituelle, Martin se leva précipitamment de son fauteuil et agita la main en souriant de toutes ses dents.

— Irma, dis bonjour à ton ami ! ordonna Mme Lair d'un ton menaçant.

— Salut, princesse ! s'écria Martin en

courant vers Irma. Tu es superbe, aujourd'hui !

Irma jeta un coup d'œil sur sa jupe en jean rose et son gilet duveteux. Pour une fois, elle ne lui donnait pas tort. Mais ce n'était pas le moment de le montrer.

— Quelle tenue, Martin ! C'est carnaval ou quoi ? Tu n'as rien trouvé de mieux à mettre que cet uniforme ?

— C'est mon costume du dimanche, répondit Martin en riant des moqueries d'Irma, comme d'habitude. J'attends ce moment depuis des années ! C'était mon rêve de sortir avec toi.

Irma roula des yeux. Le seul garçon avec lequel elle ne voulait pas sortir, et il était fou amoureux d'elle !... Elle se demanda, à ce propos, si les garçons à Kandrakar avaient quelques liens avec Cupidon. Il faudrait qu'elle se renseigne. Dans l'immédiat, elle devait se résigner à cette « sortie » avec Martin. Quelle plaie !

— Eh bien, c'est curieux, répondit-elle sèchement en enfilant les manches de sa veste rose préférée. Pour moi, sortir avec toi est un cauchemar ! Alors, accélérons le mouvement, d'accord ? Où allons-nous ?

Soudain, Irma sentit la main de sa mère lui pincer discrètement l'épaule. Elle comprit aussitôt le message : « Sois gentille ! »

Elle soupira. Elle voulait bien être gentille, mais c'était difficile.

Martin Tubbs l'exaspérait – comme une poussière dans l'œil dont on n'arrive pas à se débarrasser !

— Il faut excuser ma fille, Martin, dit sa mère gaiement. Elle a dû se lever du pied gauche. Elle est charmante d'habitude.

Irma sentit un second pincement à l'épaule et jeta un regard noir à sa mère.

— Comment veux-tu que je sois gentille quand il est attifé de cette façon ? !

Martin haussa les épaules, sourit à nouveau et se dirigea vers la porte. Irma le regarda, éberluée. Comment pouvait-il répondre à sa mauvaise humeur par un sourire aussi gentil ? Décidément, ce garçon était vraiment bizarre ! Elle lui emboîta le pas et Christopher abandonna son jeu vidéo pour assister à leur départ.

— Les filles réagissent toutes comme ça au début, fit remarquer Martin en descendant l'allée. Mais tu te méprends sur mon compte, ma princesse. Derrière ce visage se cache un être sensible.

« De plus en plus bizarre, se dit Irma, suivant sa pensée. Et dire que je dois sortir avec lui en public ! »

Tandis qu'elle s'éloignait à grands pas en fulminant intérieurement, elle entendit la petite voix moqueuse de son frère crier dans son dos :

— Amuse-toi bien, ma princesse !

— Grrrrr, marmonna-t-elle.

Elle jeta à Martin un regard haineux et tourna à droite en accélérant l'allure.

— Tu as deviné mes intentions, dit Martin, haletant. Je t'emmène au musée. J'ai déjà les billets. En tant que scout, j'ai des réductions.

« Au moins, là, se dit Irma, je ne risque pas de rencontrer des gens qui me connaissent et personne ne nous verra ensemble. Alors, détendons-nous... »

— Irma ?

La voix de Martin la fit sursauter comme le cri perçant d'une mouette.

— Je ne voudrais pas être trop sentimental, poursuivit-il, mais je crois vraiment que nous sommes faits l'un pour l'autre. Bien sûr, j'ai l'air un peu sérieux dans cet uniforme. Mais ce n'est pas ma véritable personnalité.

Irma tourna à un angle de la rue et se dirigea vers un escalier. Le musée se situait juste un peu plus loin.

— Oh, je le sais, répondit-elle. Ta véritable personnalité est bien pire.

— Irma ! protesta Martin en riant. Ce que je veux dire, c'est qu'il y a en moi une force inexploitée. Je fais sérieux comme ça, mais je peux changer en un clin d'œil. Regarde, je retire juste mes lunettes.

Joignant le geste à la parole, il enleva ses lunettes et se tourna vers Irma tout en continuant à avancer d'un pas incertain. Mais

Irma refusa de ralentir et commença à descendre l'escalier.

— Tu as vu ? s'exclama-t-il en bombant le torse. N'ai-je pas l'air d'un... *aaaah !*

Badaboum !

Irma vit alors Martin dégringoler les marches tandis que ses lunettes atterrissaient à ses pieds. Elles les ramassa et courut le rejoindre au bas de l'escalier.

— Martin ! cria-t-elle en arrivant près du corps étalé sur le trottoir.

Le garçon ne bougeait plus.

« Tout est ma faute, se dit Irma. Il a voulu m'impressionner et... Oh, je suis vraiment horrible ! »

Mais, comme d'habitude, Martin ne semblait pas de cet avis. Au bout d'un long moment, il leva la tête – apparemment intacte – et lança à Irma un sourire canaille.

— Alors... de quoi j'ai l'air maintenant ?

Irma poussa un profond soupir de soulagement. Et aussi de consternation.

— D'un imbécile, Martin, dit-elle doucement. Tu as l'air d'un imbécile.

Mais sa voix avait perdu toute agressivité. Il fallait bien l'admettre : son admirateur se donnait beaucoup de mal pour lui plaire... Lorsqu'une vieille dame accourut vers lui pour l'aider, il déclina poliment son offre.

— Ne vous inquiétez pas, madame, dit-il en se levant d'un bond et en frottant ses genoux écorchés. Tout va bien, merci !

« Après tout, se dit Irma, c'est peut-être vrai son histoire de "force inexploitée". Moi, si j'avais pris une gamelle pareille, j'en ferais tout un drame. »

Quand Martin se remit en route, elle vint se mettre à côté de lui et, cette fois, adopta la même allure.

Quelques minutes plus tard, ils montaient tous les deux le majestueux escalier de marbre du musée.

— Nous voici arrivés, annonça joyeusement Martin. Un jour nous rirons ensemble en disant : « Te souviens-tu de l'après-midi où nous sommes allés au musée de Heatherfield ? »

— Martin..., dit Irma.

Elle se mordilla nerveusement la lèvre. Après toutes ces années de moqueries et de remarques humiliantes, on aurait pu croire qu'il était facile de prononcer les mots qu'elle s'apprêtait à lui dire. Et pourtant, il n'en était rien. Irma prit une profonde inspiration et reprit calmement :

— Écoute, Martin, tu es un... un bon copain. Un casse-pieds, mais un bon copain. Rien qu'un copain. Tu... tu comprends ? Je suis venue par amitié. Alors je t'en supplie, ouvre les yeux !

— C'est que...

Martin vit qu'Irma ne plaisantait pas.

— Ce serait mieux pour tout le monde, dit-elle en lui posant doucement la main sur l'épaule. Crois-moi.

— Bon, d'accord.

Il lui fit un sourire – pas son sourire habituel de garçon hyperactif et inquiet – mais un vrai sourire amical.

— J'ai été stupide, reconnut-il. Tu veux sans doute rentrer chez toi, maintenant...

— Pas du tout, répondit Irma en souriant.

Puisque tu as réussi à me traîner au musée, allons-y !

— Ah ! s'écria Martin. Tu vois bien que tu éprouves quelque chose pour moi.

— Martin ! protesta Irma.

Puis ils entrèrent dans le musée en riant de bon cœur. Irma n'en revenait pas. Finalement, on pouvait quand même s'amuser avec Martin Tubbs ! Cela paraissait presque aussi incroyable que d'avoir des pouvoirs magiques.

Martin conduisit Irma vers le département d'histoire naturelle.

— Par là, princesse. On va commencer par les dinosaures. C'est là qu'a débuté l'histoire de l'humanité, après tout. Nous descendons tous de ces grands reptiles.

— Ouah ! Tu me présentes ta famille dès notre première sortie ? Alors, c'est vraiment sérieux !

Martin montra du doigt le squelette géant d'un brontosaure dont l'énorme crâne était tourné vers eux et qui semblait les regarder avec intérêt.

— Parle un peu plus fort, lui souffla Martin. Grand-mère est un peu sourde.

Irma éclata de rire.

« Je l'avais peut-être mal jugé, se dit-elle, surprise. Finalement, il est plutôt symp... »

Aaaaah !

— Hé, pas si fort ! s'écria Martin en plaquant ses mains sur ses oreilles.

— Ce n'était pas moi !

Le cri ne pouvait venir que d'une autre fille. Irma voulut tout de suite en avoir le cœur net. Sans attendre davantage, elle sortit en courant de la salle des dinosaures et se précipita vers l'endroit d'où semblaient venir les cris horrifiés. Martin lui emboîta le pas en haletant. Au moment où ils sortaient de la galerie, ils virent une femme en uniforme bleu arriver comme une folle dans le hall d'entrée et se jeter en hurlant dans les bras d'un gardien.

— Mademoiselle Stevens ! s'écria le gardien.

« Il la connaît, conclut aussitôt Irma. C'est une gardienne du musée. Pour qu'une gardienne ait aussi peur, il faut vraiment que ce soit grave !

— Là-bas..., bégaya Mlle Stevens pointant le doigt du côté d'un sombre couloir en direction d'une petite salle. Là-bas. C'est... c'est horrible !

Tandis qu'elle se cramponnait toujours à lui, le gardien décrocha un talkie-walkie de sa ceinture.

— Le service de surveillance ? Venez vite dans l'aile Est !

Irma attrapa Martin par la manche de sa veste.

— Allons voir ! chuchota-t-elle.

Martin la regarda, incrédule. Irma savait, au fond d'elle-même, que cette attitude héroïque ne lui ressemblait pas du tout. Du moins auparavant.

« Mais depuis que je suis une Gardienne, songea-t-elle, j'ai l'impression que "super-héros" est mon deuxième prénom. »

Elle avança furtivement dans le couloir obscur, suivie de près par Martin. Arrivée dans la petite salle sombre qu'avait désignée

Mlle Stevens, elle frémit. Il y régnait un silence inquiétant. Les personnages des tableaux sur les murs semblaient les regarder d'un air mauvais.

Martin se serra contre elle et murmura :

— Je ne vois rien.

C'est alors que retentit un affreux sifflement : – *Kssssssssshhhhhh !*

La gorge d'Irma se noua. Elle leva lentement les yeux vers le plafond et aperçut tout en haut, dans un coin de la salle, un lézard géant aux yeux jaunes, habillé d'une tunique de daim marron !

« Je reconnais la marque de fabrique, se dit Irma. Impossible de se tromper ! Encore un de ces monstres de la Zone Obscure du Non-Lieu qui vient nous rendre visite !... »

— Hé, Martin ! appela-t-elle doucement. Si tu regardes bien, tu verras quelque chose.

Martin scruta la pénombre et fit un bond de trente centimètres au-dessus du sol.

— Maman ! Tirons-nous de là ! cria-t-il.

Et il s'enfuit à toutes jambes en poussant des hurlements.

Irma, elle, ne perdit pas son sang-froid. Elle s'était battue avec des créatures autrement méchantes et bien plus effrayantes que ce vieux reptile. Elle n'était pas réllement inquiète. Elle voulait en tout cas savoir ce qu'il faisait dans le musée de Heatherfield.

Apparemment, la curiosité était réciproque. Le visiteur rampant descendit le long du mur et s'approcha d'Irma. Puis il se dressa sur ses pattes arrière et agita sa langue fourchue dans sa direction. Irma fit une moue dédaigneuse et prit une profonde inspiration, mais ne recula pas.

« Qu'il essaie seulement de m'attaquer ! se dit-elle bravement. En deux secondes, je lui envoie une bombe à eau géante avec son nom dessus ! »

Sniiffff, sssssssniiifff...

Le lézard tendit la tête vers Irma... et parla !

— Tu es..., siffla-t-il.

Il s'interrompit soudain, les yeux exorbités.

— ... une Gardienne ! *Hiissssssss ! Une Gardienne !*

Et sans laisser à Irma le temps de répondre, la créature effrayée fit demi-tour à toute allure, manquant de la faire tomber avec sa queue de trois mètres. Puis elle grimpa au mur et retourna se cacher dans le coin le plus sombre de la salle.

— Attends ! cria Irma. Ne t'en va pas !

Mais le lézard avait déjà disparu.

« Où a-t-il pu aller ? se demanda Irma, sidérée. On dirait qu'il s'est volatilisé. » Elle resta un moment à regarder vers le coin de la pièce, qui paraissait maintenant totalement vide.

L'angoisse la saisit. Tout semblait indiquer que le travail des Gardiennes n'en finirait décidément jamais. Chaque fois qu'Irma commençait à se détendre, à se réhabituer à la routine scolaire, aux flâneries sur la promenade et aux bavardages avec ses amies, la menace pointait à nouveau.

Comme cet affreux lézard géant !

Soudain, un bruit de pas derrière elle la

fit sursauter. Elle regarda par-dessus son épaule et vit Martin accompagné de deux gardiens baraqués et armés.

— Ça va, mademoiselle ? demanda l'un d'eux.

— Hein ? fit Irma d'un air vague.

Elle leva à nouveau les yeux vers l'angle sombre de la pièce, où ne subsistait aucune trace du lézard.

— Euh... oui monsieur, ça va.

Mlle Stevens, la gardienne qui avait eu si peur, entra furtivement dans la salle et secoua la tête.

— Mais il y avait bien une créature ici, insista-t-elle. Elle a jailli de je ne sais où !

— Moi aussi, je l'ai vue, murmura Martin à Irma, l'air tout excité. C'était une sorte de reptile géant ! Peut-être qu'un œuf de dinosaure a finalement éclos !

« Oh, mon ami, songea Irma, découragée. Si seulement cela pouvait être aussi simple ! »

Hay Lin essaya d'inspirer profondément. Mais l'air était lourd, oppressant, ce matin, et on avait vraiment de la peine à respirer.

« D'où vient donc cette impression ? se demanda-t-elle. Est-ce à cause de la pluie ? » De l'étroit passage couvert où elle se trouvait

– une des nombreuses galeries qui reliaient les divers bâtiments de l'Institut Sheffield – elle jeta un coup d'œil dehors. La cour de l'école était trempée. De petites mares se formaient sur la pelouse, tant il pleuvait fort. Le ciel était gris foncé et le tonnerre grondait.

« Ah, le temps pluvieux, se dit Hay Lin d'un air sombre. C'est une explication trop simple. Je sais, en fait, pourquoi mes poumons me semblent remplis de coton. C'est que, ces temps-ci, je suis particulièrement sensible à l'air. Quoi de plus normal, après tout, puisque c'est mon élément ? »

Hay Lin pensa à ses pouvoirs magiques. Elle s'imagina en train de se balader sur de petits nuages, au gré des courants d'air, et fut prise d'un fou rire qui secoua ses longues nattes soyeuses. Elle les immobilisa avec ses mains pour ne pas attirer l'attention et s'assura que personne n'avait rien remarqué. Par chance, la plupart des sheffieldiens étaient occupés à se faufiler entre les gouttes ou à s'acheminer vers leurs classes.

« Ils penseraient que je suis tombée sur la

tête si je commençais à leur parler de mes aventures. »

Elle jeta alors un regard reconnaissant sur son petit cercle d'amies – Will, Irma, Cornelia et Taranee. Sans elles toute cette histoire de Gardiennes ne serait pas drôle du tout !

« Et, il faut bien l'admettre, songea Hay Lin en soupirant, même *avec* mes amies à mes côtés, ce n'est pas vraiment une partie de plaisir d'être Gardienne par les temps qui courent. »

C'était pour ça aussi que l'air lui paraissait si lourd, ce matin-là. Irma venait de leur apprendre une sacrée nouvelle : la veille, au musée de Heatherfield, elle avait rencontré un visiteur de la Zone Obscure du Non-Lieu – un énorme lézard vert !

Hay Lin avait toujours cru aux fées. Toute son enfance avait été bercée par les histoires extraordinaires de sa grand-mère. Et puis, ses incursions à Méridian lui avaient fait découvrir un monde incroyable. Pourtant, elle avait du mal à imaginer un lézard qui parle se promenant parmi les œuvres d'art du musée de Heatherfield. C'était vraiment trop étrange !

— Tu es bien sûre de ce que tu as vu, Irma ? demanda-t-elle.

— Absolument certaine, Hay Lin.

La petite étincelle moqueuse qui dansait habituellement dans les grands yeux bleus d'Irma avait totalement disparu.

— Si cet individu ne venait pas de la Zone Obscure du Non-Lieu, il ressemblait d'une façon troublante à l'un de ses habitants.

Taranee croisa les bras sur sa poitrine. L'humidité avait aplati ses nattes ornées de perles de couleur et semblait également affecter son humeur. Elle avait l'air vraiment perturbée. Ce n'était pas tellement surprenant car, de toutes les Gardiennes, elle était la plus craintive.

— Les journaux et la télé n'ont pas pris notre lézard très au sérieux, dit-elle avec un soupir de soulagement. Ils parlent d'une hallucination collective !

— Mais nous, nous connaissons la vérité, affirma Will. La preuve, c'est que le lézard savait qu'Irma était une Gardienne.

Will parcourut du regard le cercle de ses amies. Son esprit fonctionnait à plein régime, et Hay Lin avait même l'impression d'en voir tous les rouages derrière ses grands yeux bruns. Will était peut-être chef malgré elle, mais cela ne l'empêchait pas d'examiner toutes les solutions avec le plus grand soin.

— Vous êtes libres après les cours ? demanda-t-elle.

— J'ai quelques trucs à étudier, répondit Irma en s'appuyant contre la balustrade de la galerie. J'ai pris beaucoup de retard ces derniers temps.

— Ah bon ? fit Cornelia. (Ses yeux bleus levés vers le ciel avaient une lueur moqueuse.) Ce n'est pas toi, Irma, qui contrôlait toutes les interrogations par la force de ta pensée ?

— On t'a demandé quelque chose, à toi ? rétorqua l'intéressée.

« Ça recommence ! se dit Hay Lin avec un sourire indulgent. L'éternel duel Cornelia-Irma : Cornelia agace Irma, Irma énerve Cornelia, et ainsi de suite... Voilà au moins une chose qui n'a pas changé dans cette vie de dingue ! »

Comme pour illustrer la pensée de Hay Lin, Irma tourna ostensiblement le dos à Cornelia et s'adressa directement à Will.

— Alors, à quoi penses-tu, Will ?

— Il faudrait comprendre ce que faisait cette créature dans le musée. Mais comment nous y prendre ?

— Je sais ! s'écria Hay Lin.

Elle prit son sac à dos et se mit à fouiller dedans, rejetant sur le côté quelques marqueurs magiques, des lunettes de natation bleues et des biscuits aux amandes qu'elle avait piqués dans le restaurant chinois de ses parents. Finalement, elle trouva ce qu'elle cherchait : la carte magique qui s'animait chaque fois que les filles trouvaient une porte d'accès à la Zone Obscure du Non-Lieu. Hay Lin avait le sentiment que la visite d'Irma au musée avait peut-être fait apparaître une nouvelle tache lumineuse sur le vieux parchemin.

— Voyons ça, déclara-t-elle en sortant le rouleau de son sac.

— Le plan des portes, dit Taranee.

Se méfiant des curieux, elle jeta un coup d'œil autour d'elle. L'endroit était tranquille, mais elle restait tout de même sur ses gardes.

— Ne devrais-tu pas le conserver dans un lieu plus sûr ? demanda-t-elle à Hay Lin.

— Il n'existe pas de lieu plus sûr que mon sac à dos, répondit celle-ci en déroulant la carte. Il m'est indispensable et je ne le quitte jamais.

Là-dessus, Hay Lin s'agenouilla et étala la carte sur le sol de ciment. Will s'accroupit à côté d'elle et examina le plan en détail. Soudain, elle s'exclama :

— Ouah ! Regardez !

— Ouais ! s'écria à son tour Cornelia qui s'était penchée, tout excitée, pour regarder le plan. Il semble bien qu'on ait trouvé une autre porte !

— Qu'avez-vous vu de si intéressant, mesdemoiselles ?

Hay Lin et ses amies s'immobilisèrent. Elles auraient reconnu entre mille cette voix claironnante. C'était Mme Knickerbocker, la *directrice...* Le dictateur à cheveux blancs de l'Institut Sheffield en personne. Elle savait tout, voyait tout, et ne supportait pas que les élèves lui cachent quelque chose.

Le souffle haletant et dans la précipitation, Hay Lin roula la carte magique, se pencha sur son sac à dos, et y rangea son trésor tant bien que mal. Tandis qu'elle tirait d'un coup sec sur la fermeture Éclair, les autres Gardiennes formèrent un mur protecteur devant elle.

— Madame Knickerbocker ! s'exclamèrent-elles en chœur. Vous... vous...

— Vos efforts pour gagner du temps sont admirables, dit la directrice, même si ce n'est pas très original. Mais, je veux voir l'objet de votre attention. Après tout, il ne devrait y avoir aucun secret entre la directrice et ses élèves.

— Bien sûr ! approuva Taranee d'une petite voix aiguë.

Pendant ce temps, Hay Lin marmonnait entre ses dents.

— Voilà ma fermeture qui se coince ! C'est bien le moment ! murmura-t-elle désespérément.

— Hay Lin !

Le beuglement de Mme Knickerbocker fit sursauter Hay Lin qui se leva d'un bond. Cachant avec anxiété la carte derrière son dos, elle regarda la directrice avec un large sourire.

— Oui ?

— Que cachez-vous dans votre dos ?

Le visage aux joues flasques et ridées de Mme Knickerbocker prit une expression à la fois menaçante et comique.

— Je vous préviens, une réponse du genre « Quel dos ? » ne sera pas acceptée.

— C'est... ce n'est rien, madame, bégaya Hay Lin. Ce n'est qu'un... un dessin !

Mme Knickerbocker la fixa d'un œil mauvais et dit :

— Dans ce cas, montrez-le-moi ! Je suis curieuse de voir quel genre de dessin peut susciter un tel intérêt.

Un dessin, vite ! se dit Hay Lin. Elle ferma les yeux un instant, concentrant toutes les cellules de son cerveau sur cette idée, et fit appel à ses pouvoirs magiques.

Ça marchait ! Hay Lin éprouva des picotements familiers au bout des doigts, une accélération des battements de son cœur, une sensation de flottement qui se répandait dans ses membres et faisait onduler ses cheveux. Elle sentit les ondes magiques jaillir de ses mains, qui serraient encore le rouleau de parchemin dans son dos.

Quand ces sensations cessèrent, elle respira un bon coup et tendit le rouleau à Mme Knickerbocker.

— Euh... tenez, murmura-t-elle.

Elle recula et attendit la réaction de la directrice.

— Mais... mais..., balbutia Knickerbocker, dont les yeux s'arrondirent.

« Ça y est ! se dit Hay Lin, jetant un regard coupable à ses amies. Nous sommes fichues ! »

— C'est incroyable, poursuivit Mme Knickerbocker. Mon portrait ! Et tout à fait ressemblant !... Comment as-tu fait ?

Ébahie, elle montra le parchemin aux filles. Le plan avait disparu, remplacé par un croquis au crayon représentant la directrice. Le portrait était, en effet, tout à fait ressemblant, jusque dans les moindres détails, comme les cheveux crêpés et l'austère tailleur.

— Oui, Hay Lin, renchérit Cornelia, visiblement épatée. Comment as-tu fait ?

— Oh, fit Hay Lin, les yeux baissés, ce n'est pas grand-chose...

— Je savais que le dessin était ta passion, commenta Mme Knickerbocker, mais c'est stupéfiant... Un petit chef-d'œuvre ! Puis-je le garder ?

— Non ! s'écrièrent en chœur les cinq Gardiennes.

Mme Knickerbocker en fut si surprise qu'elle laissa tomber le dessin. Hay Lin l'attrapa au vol et le roula en vitesse. Avec un petit sourire embarrassé, elle improvisa une excuse.

— Ce n'est qu'une esquisse, vous comprenez... Vous méritez mieux, Mme Knickerbocker !

La directrice parut hésiter mais, devant le sourire désarmant de Hay Lin, elle se laissa fléchir.

— Bon, très bien. Alors j'attendrai que tu m'en fasses un autre et je l'accrocherai dans mon bureau.

Là-dessus, Mme Knickerbocker s'éloigna d'un air affairé. Les cinq filles purent enfin se détendre.

— Quel faux-jeton ! s'esclaffa Irma en regardant Hay Lin. « *Vous méritez mieux, Mme Knickerbocker !* »...

Hay Lin secoua la tête et déroula le « dessin ». Une étincelle magique survola le portrait de la directrice et l'effaça. Une seconde après, le plan de Heatherfield avec ses portes réapparut.

— Tu devrais me remercier, Irma. Pense à ce qui se serait passé si elle avait découvert la carte.

— Si elle l'avait découverte, répliqua Cornelia, jetant à Hay Lin un regard sévère, ç'aurait été ta faute ! On doit mieux protéger nos secrets.

Hay Lin roula à nouveau sa carte, avec un sentiment de culpabilité. Cornelia avait raison. Elle avait mis en danger la mission des Gardiennes, et également le dernier cadeau de sa grand-mère.

Ses yeux s'emplirent de larmes au souvenir du doux visage et des longs cheveux blancs de sa chère grand-mère. Elle pensa aux pouvoirs magiques de la vieille dame. Juste avant sa mort, Yan Lin avait révélé à sa petite-fille qu'elle aussi avait été Gardienne dans sa jeunesse. En somme, tout cela faisait partie de l'héritage familial, et

Hay Lin ne devait pas prendre ses responsabilités à la légère.

— Message reçu, répondit-elle, penaude.

Puis elle rangea soigneusement la carte dans son sac à dos.

— Bon, alors tout va bien ? demanda Will, posant une main rassurante sur la maigre épaule de son amie.

Hay Lin esquissa un petit sourire.

« Avec le soutien de mes amies, je n'ai rien à craindre », se dit-elle. Et elle hocha la tête.

— O. K. ! je suis prête.

— Bon, allons-y, dit Will d'un air décidé, parce que le musée ferme à six heures, ce soir.

3

— Le musée ferme à six heures ce soir.

En prononçant ces mots, Uriah avait du mal à contenir son excitation. Mais il ne fallait surtout pas que les gars de sa bande s'en aperçoivent. L'excitation était un signe de faiblesse. Ce n'était pas *cool*.

Et Uriah voulait à tout prix avoir l'air cool.

À l'Institut Sheffield, il était le roi des marginaux, individus souvent punis pour leur indiscipline.

Il s'appuya contre la balustrade de la galerie du collège. Tout en tripotant ses cheveux roux hérissés d'épis et enduits de gel, il contempla d'un regard méprisant les sheffieldiens studieux, pressés d'arriver avant la sonnerie du matin.

« Voilà ce que c'est d'être bon élève, se dit-il. Faut suivre le règlement. »

Il regarda d'un œil dédaigneux quelques jolies filles qui se hâtaient vers leurs casiers en rejetant leurs cheveux en arrière. Puis son regard se porta vers le terrain de foot, de l'autre côté de la cour, où des mordus du ballon rond trottinaient dans la boue comme de consciencieux chiens de berger.

« Tous des béni-oui-oui, songea-t-il avec mépris. Rien de tel pour être populaire à l'Institut Sheffield, et pour être un véritable sheffieldien. Eh bien, moi, je suis un mauvais sheffieldien et un solitaire. Je n'ai besoin de personne ! »

Pourtant, Uriah était rarement seul. On le voyait partout accompagné de sa bande de voyous. Mais, en réalité, ça ne signifiait pas grand-chose. En vérité, il n'en avait rien à faire de ces gars. C'étaient eux qui avaient besoin de lui. Il leur fallait un chef, un type fort et astucieux comme lui !

Et ce soir plus que jamais.

— Bon, dit Uriah en se grattant un bouton sur le menton, si le musée ferme à six heures, on y sera à six heures trente. Ça marche ?

— O. K. ! pas de problème, répondit Laurent, tout aussi excité.

— Oui oui, acquiesça Kurt, en mâchant une énorme bouchée de son sandwich – garni d'un mélange odorant de pastrami, de choucroute et de condiment.

Uriah adressa un sourire en coin à Kurt et Laurent. Si d'aventure ils tombaient sur des gardiens trop curieux au musée, Kurt, le

rondouillard, et Laurent, le baraqué, pourraient être utiles.

« Oh, bien sûr, je peux aussi me passer
d'eux, se dit Uriah. Je me suffis à moi-
même. Mais on ne sait jamais... Le véritable
problème, c'est Nigel. »

Comme il s'y attendait, Nigel, le geignard
de la bande, était assis par terre, appuyé
sagement contre la balustrade. Il faisait
encore une drôle de tête, ce matin ! Ses
grands yeux bruns semblaient inquiets.

« Je devrais m'en débarrasser tout de
suite, songea Uriah, agacé. Ce gars-là n'est
plus bon à rien. Il doit être amoureux... »

Il l'apostropha d'un air furieux.

— Alors, ça va pour toi, Nigel ?

— Hein ? balbutia Nigel en levant les
yeux. Euh, oui, bien sûr. Il y a juste une
chose que je ne comprends pas. Pourquoi
allons-nous au musée après la fermeture ?

— Pour rigoler, crétin ! C'est plus mar-
rant, non ?

Fallait-il leur faire un dessin à ces abru-
tis ?

Uriah soupira en passant en revue la mâchoire pendante et le regard vide de Laurent, le gros ventre et les dents jaunes de Kurt, le visage enfantin et les longs cheveux bruns de Nigel. Quelle bande d'amateurs ! Il devait tout leur expliquer – et il détestait les explications.

— Écoutez, commença-t-il impatiemment. D'après ce qu'on dit, il y aurait un monstre, un fantôme ou un quelque chose de ce genre dans le musée.

Nigel s'était levé et se dirigeait d'un pas traînant vers le bâtiment principal pour sa première heure de cours. Haussant les épaules, Uriah lui emboîta le pas, suivi aussitôt de Laurent et Kurt.

— Eh bien, si c'est vrai, poursuivit Uriah, je veux le voir.

— Mais c'est juste une rumeur, protesta Nigel. Et on risque d'avoir des ennuis !

— Et alors ? coupa Uriah. Il ne se passe jamais rien dans ce trou perdu.

Ça le déprimait rien que d'y penser. Il monta l'escalier du bâtiment principal d'un pas rageur. Cette inactivité l'énervait. Il avait besoin d'action. Il trouvait anormal de garder enfermés dans une école des jeunes en pleine croissance, et même, contre nature.

— Uriah a raison, dit Kurt, reprenant une énorme bouchée de sandwich. Cet endroit est mortel.

— C'est ça le problème, dit Uriah. Je m'ennuie, les gars !

Nigel le regarda d'un œil inquiet.

Uriah leva les yeux au ciel. Andouille ! Il essaya de se consoler en imaginant la tête de Nigel ce soir, quand il se trouverait nez à nez avec un monstre dans les sombres galeries du musée. Ce serait mieux qu'un film d'horreur, et gratuit en plus !

Il en aurait bondi d'excitation, mais il se retint.

Faute de mieux, il jeta son bras autour des épaules de Nigel et s'appuya de tout son poids sur le maigre garçon, qui dut lutter pour ne pas trébucher. En le voyant faire la grimace, Uriah sourit de plaisir. Puis il déclara :

— Ce soir, je sens qu'il va se passer quelque chose ! Ce sera ma soirée ! La soirée d'Uriah !

Accroupie dans l'obscurité près de l'escalier du musée, Will regarda sa montre, mais il faisait trop sombre pour pouvoir la lire. Elle pressa alors le petit bouton sur le bord du boîtier, et une grenouille souriante apparut sur le cadran éclairé d'une lumière verte. Six heures et quart.

Elle contempla la petite bête lumineuse en soupirant. Les grenouilles avaient toujours été sa passion et sa chambre en était remplie. Elle en possédait de toutes sortes, en peluche ou en céramique, sans compter le réveil-grenouille et le mobile suspendu au plafond.

« Je crois que j'ai passé l'âge maintenant, songea-t-elle avec regret. Les grenouilles, c'est un truc de gosse, et je ne suis plus une gamine. Ou pas une gamine normale, en tout cas.

« Avec la vie qu'on mène depuis quelque temps, j'ai plutôt l'impression d'être une sorte de voyou spécialisé dans les effractions : un jour ici, un autre là... Ce soir, c'est le musée de Heatherfield – une entreprise bien plus risquée que de pénétrer dans la maison abandonnée d'Elyon ou de se cacher dans le placard du prof de maths. Si on nous surprend, nous sommes bonnes pour la prison. Et une fois coincées derrière les barreaux, je ne vois pas comment nous pourrions sauver le monde ! »

Mais Will était déterminée. « Je vais tâcher d'éviter ça, se promit-elle. Avec un peu de magie, j'espère y arriver ! »

— On y va ? demanda-t-elle à ses amies.

— La voie est libre, Will, répondit Cornelia en jetant un regard alentour. Personne en vue.

Will sourit avec reconnaissance. Pendant longtemps, Cornelia avait très mal accepté de l'avoir comme chef, critiquait ses moindres paroles, ou accueillait ses propos avec un air maussade et renfrogné. Ce soir, à sa grande surprise, Cornelia faisait preuve de bonne volonté.

« Peut-être que notre équipe commence enfin à se souder », se dit Will, pleine d'espoir.

Elle respira profondément. Il était temps de passer à l'action.

— O. K. ! murmura-t-elle, approchez-vous.

Lorsque ses amies furent rassemblées en

cercle autour d'elle, Will ferma les yeux et appela en silence le Cœur de Kandrakar.

Presque aussitôt, elle sentit un afflux de chaleur dans sa main droite et, quelques secondes après, des jets d'énergie électrique remontèrent le long de ses bras jusqu'à sa poitrine et, de là, se répandirent dans tout son être, lui donnant un formidable sentiment de puissance.

Émerveillée, Will laissa la magie se diffuser dans chacune de ses cellules. Elle sentit son corps se contracter, ses vêtements s'envoler, ses membres s'allonger et son visage changer. De délicates ailes se déplièrent dans son dos avec un léger crépitement. Enfin, elle rejeta la tête en arrière d'un air triomphant et sentit ses cheveux roux – plus soyeux et lisses que jamais – retomber gracieusement autour de ses joues.

Alors, elle tendit le poing en avant et déplia les doigts. Le Cœur apparut au-dessus de sa paume. À l'intérieur de sa monture asymétrique, la sphère de verre, grosse comme une bille, scintillait de tous ses feux, répandant autour d'elle une lumière rose.

— Hay Lin, cria Will. L'air !

Une boule argentée en forme de larme jaillit du Cœur et s'élança vers Hay Lin, qui leva les bras au ciel dans un geste de liberté tandis que la boule tournoyait autour d'elle et la transformait en une superbe créature.

— Cornelia, cria ensuite Will. La terre !

Cette fois la boule était verte. Puis, Will envoya à Irma une boule bleu pâle et à Taranee, une boule orange. Une fois métamorphosées, les cinq filles échangèrent des regards admiratifs. Elles avaient beaucoup d'allure avec leurs collants rayés, leur jupe mode, leur t-shirt ajusté au-dessus du nombril et leurs ailes frémissantes. Elles ne pouvaient pas s'empêcher de contempler – un peu timidement – leurs formes arrondies, mises en valeur par ces super-tenues.

La magie les avait transformées en femmes, sages, belles, et surtout fortes !

Maintenant, il fallait passer aux choses sérieuses.

— Par où allons-nous entrer ? demanda Irma, impressionnée par l'imposante bâtisse.

— Essayons les fenêtres de derrière, suggéra Will.

Elle entraîna le groupe de l'autre côté du musée.

— As-tu pensé aux alarmes ? demanda Cornelia.

— Bien sûr ! répondit Will avec une certaine fierté. Mon réfrigérateur m'obéit. Pourquoi pas les alarmes ?

Pour elle, comme pour Irma, les pouvoirs magiques avaient des effets secondaires intéressants. Will pouvait bavarder avec son réfrigérateur (qui s'exprimait avec la distinction d'un maître d'hôtel anglais) et aussi avec son ordinateur et son imprimante, quand ils n'étaient pas trop occupés à se chamailler. En fait, Will pouvait communiquer avec tous ses appareils électroniques, qu'il s'agisse du téléphone portable ou du téléviseur.

Et elle espérait bien que cette possibilité

s'étendrait aux caméras de surveillance du musée.

« Je vais bientôt le savoir, se dit-elle, tandis qu'elles arrivaient derrière le bâtiment. Il y a une caméra juste à côté de cette fenêtre, près de la benne à ordures. »

Ses amies rassemblées derrière elle, Will se plaça sous la fenêtre.

— Euh, pardon, dit-elle avec un aimable sourire à la caméra, je me demandais si...

— Vous venez au sujet du monstre, n'est-ce pas ?

La caméra lui parlait ! Sa lumière rouge clignotait à chaque syllabe prononcée.

— Euh, oui.

— Pourtant, vous n'êtes pas de la police, reprit la caméra, méfiante.

— Pas exactement, expliqua Will. (Ce n'était pas le moment de raconter toute l'histoire des Gardiennes de la Muraille à une caméra de surveillance !) Mais on croit pouvoir résoudre le mystère.

— Dans ce cas...

Will retint son souffle.

— D'accord, entrez. Mais pas de blague, hein ! Je vous ai à l'œil.

« Quelle méfiance ! » se dit Taranee.

« C'est une caméra de surveillance, lui répondit Irma dans un dialogue muet. Elle fait son boulot ! »

Irma sourit. La téléphatie était bien pratique pour communiquer sans se faire remarquer.

Pendant ce temps, Will examinait la fenêtre. Celle-ci se trouvait à deux mètres cinquante du sol. Comme, bien entendu, aucune échelle ne traînait dans les parages, Taranee et Irma firent la courte échelle à leur amie. D'un geste incertain, Will souleva la fenêtre coulissante qui, par chance, n'était pas bloquée.

Avant de se glisser à l'intérieur du musée, elle se tourna une dernière fois vers la caméra.

— On peut passer par là ? demanda-t-elle.

— Oui, allez-y, répondit la caméra impatiemment, je regarderai ailleurs.

La lumière rouge s'éteignit. Will prit une profonde inspiration et se faufila par la fenêtre. Elle atterrit sans bruit sur un sol de marbre, jeta un coup d'œil autour d'elle et, ne voyant personne, appela doucement ses amies. Quelques secondes plus tard, les cinq filles se trouvaient à l'intérieur. À pas de loup, elles empruntèrent le sombre corridor qui menait à l'aile des Beaux-Arts.

Au bout de quelques minutes, elles atteignirent une petite salle pleine d'ombres inquiétantes.

— Nous y sommes ! dit tout bas Irma. C'est ici que j'ai vu le monstre. Vous sentez sa présence ?

Will inspecta la pièce et ne vit que des tableaux, des murs ocre-jaune et des spots diffusant une faible lumière.

— Pas pour le moment.

— Mais d'après la carte, la porte est bien dans le musée, rappela Hay Lin. Concentrons-nous.

Elle s'avança à l'intérieur de la salle.

Les autres se dispersèrent dans la pièce.

Tandis que Will en inspectait chaque coin, Irma se concentra sur le plafond et Cornelia se dirigea vers un grand tableau du Moyen Âge.

— Ça, alors ! s'exclama-t-elle soudain.

— Qu'y a-t-il ? cria Taranee en se précipitant vers Cornelia.

Toutes les cinq se regroupèrent autour de l'œuvre en question.

— Regardez ce tableau ! s'écria Cornelia.

Taranee s'approcha de la plaque dorée à côté du cadre richement décoré.

— *Le printemps éternel*, d'Elias Van Dahl, lut-elle à voix haute.

Will examina rapidement la peinture. Elle représentait une scène de village, sur une place, devant une immense cathédrale où s'affairaient des dizaines de villageois, les uns discutant avec des marchands ambulants, les autres conduisant leurs bêtes au marché, certains jonglant... Tous semblaient d'humeur joyeuse.

« Il me plaît bien ce tableau, songea Will. Il est beaucoup plus gai que ces austères peintures gothiques qu'on nous montre à l'école. Mais est-ce vraiment le moment de s'attarder sur une œuvre d'art ? Comment dire gentiment à Cornelia... »

— Regardez ce personnage ! s'écria tout à coup Cornelia. Là, près de cette maison !

Will et les autres suivirent le doigt de leur amie pointé sur un groupe de gens au centre de la scène. Sous l'avancée du toit d'une jolie chaumière, se tenait une adolescente. Deux longues nattes blondes encadraient son visage. Elle avait des yeux pâles et, sur sa longue tunique bleu clair figurait un symbole – un assemblage de demi-cercles et de triangles vert et blanc.

— Elyon ! s'exclama Hay Lin.

— Ça, alors ! fit Irma en regardant attentivement la fille minuscule sur la toile. Si ce n'est pas elle, elle lui ressemble en tout cas beaucoup.

— Mais... comment a-t-elle pu s'introduire dans le tableau ? s'écria Taranee.

— En fait, répondit une voix à vous glacer le sang, je suis derrière vous, les filles !

Les cinq amies se retournèrent vivement. Elyon était là, en effet. En un instant, elle avait mystérieusement sauté du tableau sur le sol du musée pour venir les défier.

— Toi ! s'indigna Irma.

— Salut, dit Elyon.

Will tressaillit. L'Elyon qu'elle avait brièvement connue à Heatherfield avait pratiquement disparu. Cette fille-là était dure, sa voix sèche et pleine de cruauté. Et elle semblait très en colère.

Will perçut le danger.

« Elyon n'est pas venue simplement pour nous parler, se dit-elle. Elle nous veut du mal, je le sens ! »

Elle pinça discrètement le bras de Taranee pour l'avertir. En même temps, elle se tourna vers Hay Lin afin de la mettre en garde. Mais Elyon la devança et prit la parole avant même que Will ait ouvert la bouche.

— Cette fois, déclara-t-elle sévèrement avec un méchant sourire, je suis venue vous dire au revoir !

Elle leva les mains et un jet magique blanc et glacé jaillit de sa paume. Les Gardiennes n'eurent pas le temps de réagir. En un instant, elles se trouvèrent enfermées dans une bulle géante. Will se mit à marteler la paroi transparente de ses poings, mais elle savait que cela ne servirait à rien. Quand les Gardiennes avaient été emprisonnées dans la Zone Obscure du Non-Lieu, elles en avaient fait l'expérience. La bulle était aussi fine et souple que de la cellophane et, cependant, froide et impénétrable comme un diamant. Elles étaient bel et bien prises au piège !

Elyon n'était pas l'unique témoin de leur humiliation. Tandis qu'elle regardait ses captives avec un petit sourire satisfait, un autre personnage sortit d'un coin de la pièce en applaudissant. Lui aussi souriait d'un air narquois.

— Bravo, Elyon ! dit-il.

Il avait un visage pâle aux traits bien dessinés et une longue chevelure blonde qui flottait sur ses épaules.

En entendant ce compliment, le sourire d'Elyon s'élargit.

— Je m'améliore, n'est-ce pas ? lui dit-elle, tout en continuant à fixer les Gardiennes de son air méprisant.

Puis elle s'adressa directement aux filles.

— Comme vous voyez, leur fit-elle observer, moi aussi, j'ai des pouvoirs magiques. Et que vous le vouliez ou non, je suis plus forte que vous toutes réunies !

Irma regarda Elyon avec une moue dédaigneuse, mais, lorsqu'elle se tourna vers Will, elle vit que celle-ci était toute pâle.

— Cet homme, dit-elle, c'est...

— Cedric, confirma Elyon, mon ami libraire.

Will eut un mouvement de recul. Cedric ! C'était le garçon qui avait emmené leur ancienne amie. À l'époque, il lui avait donné rendez-vous au gymnase de l'école, et Elyon avait tellement le trac qu'elle avait demandé à Irma, Hay Lin et Will de la rejoindre là-bas. Mais une fois arrivées sur les lieux, les trois filles n'avaient vu ni

Elyon, ni Cedric. Elles s'étaient trouvées nez à nez avec un horrible géant à peau bleue et un affreux homme-serpent qui avaient essayé de les jeter dans une fosse ardente.

« Même si je devais vivre cent ans, je n'oublierai jamais les yeux de cet horrible homme-serpent », se dit Will.

— La première fois que nous avons vu Cedric à la soirée d'Halloween, raconta Elyon d'un ton léger, il était tel que vous le voyez là. Mais vous l'avez vu aussi sous un autre aspect...

Au même instant, Cedric commença à changer ! Son menton pointu s'allongea encore ; ses yeux bleus au regard d'acier se transformèrent en deux fentes rouges ; son torse s'élargit démesurément et ses jambes disparurent dans une longue queue ondulante verte.

Will retint un cri d'horreur. L'homme-serpent auquel elle venait de penser apparut devant elles ! Cedric et lui n'étaient donc qu'une seule et même « personne »...

Will jeta à Elyon un regard terrifié. Comment pouvait-elle s'allier à un être si méchant, si cruel et si... si laid !

— Surprise ? demanda Elyon. Oh, au début, j'ai eu la même réaction. Ensuite, Cedric m'a raconté des choses. Beaucoup de choses. Des secrets incroyables que, ce soir, j'aimerais partager avec vous.

— Que t'est-il arrivé, Elyon ? Tu n'es plus la même.

— C'est toi qui dis ça ? répliqua Elyon avec un rire sarcastique. Regarde-toi dans un miroir, Will. Au cas où tu ne t'en serais pas aperçue, des ailes t'ont poussé dans le dos.

Will vit alors son reflet dans la paroi de sa prison flottante. Elle en reçut un choc ! Elle n'était pas habituée à se voir dans sa tenue de magicienne : grande et souple, avec un visage plus anguleux et une silhouette de femme. C'était tellement irréel !

Elle secoua la tête.

« Non, ce n'est pas le moment de faire une crise d'identité, se dit-elle. Pour l'instant, il est question d'Elyon ! »

Elle appuya alors son visage contre l'intérieur de la bulle. Son reflet s'estompa, mais le visage glacial d'Elyon devint plus net. Will la fixa avec toute l'intensité dont elle était capable.

— Écoute-moi, Elyon, implora-t-elle. Ouvre les yeux. Oublie Cedric. Ton monde, c'est Heatherfield !

— Tu te trompes, Will, rétorqua froidement Elyon. J'appartiens à Méridian !

Cedric s'avança. L'extrémité de sa queue hideuse décolla du sol et caressa la joue d'Elyon. Will frémit de dégoût, mais Elyon ferma les yeux et sourit comme si Cedric n'avait été qu'un père gentil lui tapotant affectueusement la tête.

— Et Méridian t'appartient, princesse, siffla Cedric entre ses dents de requin. À toi et à ton frère Phobos.

— Phobos ! s'exclama Will.

C'était le nom de l'homme représenté par le symbole vert et blanc sur la tunique d'Elyon... le Sceau de Phobos ! Ce Sceau, les Gardiennes l'avaient vu plus d'une fois, notamment sur les horribles individus qui les suivaient partout, sur un livre qui avait craché une boue noire dans la chambre de Cornelia, manquant de les étouffer, et sur les guerriers qui les avaient prises en chasse à Méridian.

Et voilà que Cedric leur apprenait que l'homme représenté par ce Sceau était le frère d'Elyon !

De toutes les étranges révélations que Will avait dû entendre depuis qu'elle était devenue Gardienne, celle-ci était la plus incroyable !

5

Elyon jeta un regard noir en direction de la bulle qu'elle venait de créer. L'effort qu'elle avait dû fournir pour parvenir à ses fins l'avait affaiblie. Elle avait des picotements dans les doigts, des bourdonnements dans la tête, et la vue légèrement troublée.

Pour capturer les cinq Gardiennes de la Muraille, il lui avait fallu une énergie considérable.

Cacher sa faiblesse à ses anciennes amies l'épuisait encore davantage.

Mais c'était une nécessité absolue. Il ne fallait à aucun prix montrer le moindre signe de faiblesse à ces traîtresses. Elle était de sang royal et leur était naturellement supérieure. À elle toute seule, elle possédait plus de pouvoirs magiques que toutes les cinq réunies.

La bulle où étaient enfermées les Gardiennes flottait au milieu de la salle du musée. Affolée, Taranee s'accrochait aux épaules de Will. Irma et Hay Lin se tenaient la main. Et, blottie au centre du groupe, Cornelia regardait Elyon avec des yeux pleins de colère et d'amertume.

Des cinq regards braqués sur elle, celui de Cornelia était le seul qui causait à Elyon quelque regret. Autrefois, en effet, les deux amies avaient été très proches. Elles échangeaient des petits mots pendant les cours, déjeunaient ensemble à la cafétéria où elles avaient leur table attitrée, se racontaient leurs histoires d'amour et leurs rêves...

À mesure que les souvenirs d'une autre existence s'infiltraient dans son esprit, Elyon se sentait un peu ragaillardie. Pourtant, cette vie-là lui semblait bien loin. Elle avait du mal à se rappeler ce qu'étaient les bavardages en classe ou après les cours autour d'un goûter, les fous rires, les sorties avec les garçons, les petits dessins griffonnés sur tous ses cahiers et les heures passées sur la plage à lézarder au soleil en écoutant le bruit des vagues. Toutes ces joies étaient absentes du monde sans saisons où elle résidait désormais...

Soudain, une voix vint la rappeler douloureusement à l'ordre.

N'oublie pas, tout cela n'était que mensonge.

D'où venait cette voix ? De Cedric ? De Phobos ?... Ou d'elle-même ?

Peu importe. Cette voix, en tout cas, disait la vérité. Se remémorer la vie sur terre était aussi vain que de manger de la barbe à papa. Après tout, l'existence terrestre d'Elyon avait été aussi inconsistante que cette friandise mousseuse. Et pas moins illusoire.

« Ce temps-là est révolu, se dit-elle avec détermination. Et je vais expliquer pourquoi à ces idiotes. »

Elyon inspira profondément, calmement, et ses doigts cessèrent de trembler. Ses yeux aux paupières lourdes retrouvèrent leur vivacité. Ses forces revenaient et elle pouvait maintenant raconter son histoire.

— À la mort de mes parents, j'étais encore un bébé. Phobos me trouva une nourrice et me confia à elle.

Elyon vit les Gardiennes échanger des regards méfiants, puis fixer à nouveau leur attention sur elle. Elle prit alors une profonde inspiration et continua d'une voix monotone et froide. L'émotion aurait altéré son message, et elle en redoutait les effets.

— Ma nourrice trahit la confiance de mon frère, poursuivit Elyon d'un ton neutre.

Avec l'aide d'un couple d'officiers, elle m'emporta loin d'ici. Ils utilisèrent le Sceau de Phobos pour ouvrir un passage dans la Muraille et c'est ainsi que j'arrivai jusqu'à votre monde. Les deux officiers se firent passer pour mes parents.

En disant ces mots, elle revit en pensée les deux menteurs qu'elle avait appelés Maman et Papa. Elle revit le joli visage au menton pointu et les cheveux cuivrés de sa mère, puis les doux yeux bruns et le sourire tranquille de son père.

Non !

Elyon chassa ces deux personnes – ces traîtres – de son imagination. Ce n'étaient pas ses parents. Jamais ils ne l'avaient été. Et...

— Quant à ma nourrice, reprit-elle, vous la connaissez. Elle prit l'aspect d'une innocente femme blonde à grosses lunettes et se fit engager comme professeur de maths.

— Mme Rudolf ? demanda Will.

Elyon fit oui de la tête. Elle savait que les Gardiennes avaient déjà découvert l'autre identité de Mme Rudolf. Lorsqu'elles avaient vu pour la première fois leur professeur transformée en une étrange créature à longues oreilles et à peau de serpent, elles avaient d'abord paniqué, puis l'avaient poursuivie jusqu'à une porte par laquelle elle était retournée dans la Zone Obscure du Non-Lieu. Maintenant, elle y vivait cachée quelque part. Elle avait néanmoins réussi à aider les Gardiennes à un moment où elles se trouvaient en difficulté. Cette seule pensée mit Elyon en fureur. Elle serra les poings et répondit à Will :

— Oui, Mme Rudolph. J'ai grandi parmi vous sous sa surveillance et celle de mes parents adoptifs. Dans l'imposture et le mensonge ! J'ai aimé et respecté deux traîtres qui m'ont arrachée à ma *vraie* famille.

— Mais... qu'est-ce que tu racontes, Elyon ? murmura Cornelia.

— La pure vérité !

Elyon jeta un regard tendre vers la face de serpent de Cedric. Quand le beau jeune homme blond prenait son apparence repti-lienne, elle s'en apercevait à peine. Quelle que soit sa forme, il était son ami, son men-tor, et la source de son pouvoir.

— Cedric m'a ouvert les yeux, dit Elyon. Vous souvenez-vous de l'après-midi qui a suivi la soirée d'Halloween, quand Cedric m'a invitée à sa librairie ? Je croyais qu'il voulait me connaître, mais il savait déjà tout de moi.

Elyon se rappelait encore l'agitation, l'excitation qui s'était emparée d'elle en entrant dans la boutique de Cedric. Quelques instants plus tard, parmi les piles de vieux livres poussiéreux et dans la lumière tamisée de la fin d'après-midi, Cedric lui avait tout raconté. Il l'avait appelée princesse ! Oui, *princesse* ! Car elle était l'héritière du trône de Méridian.

— D'un seul coup, poursuivit-elle, j'ai compris tout ce qu'on m'avait caché. Je savais enfin qui j'étais et également qui vous étiez : les Gardiennes de la Muraille, les ennemies de Méridian !

— Ennemies ? s'écria Will, les mains appuyées contre la paroi de la bulle. J'ignore ce que t'a raconté Cedric, mais la vérité est tout autre...

— Tais-toi ! hurla Elyon.

Elle courut vers la bulle et martela de ses poings la surface dure comme la pierre. Chaque coup se traduisait par un douloureux élancement dans ses bras maigres, mais elle ne pouvait maîtriser sa rage. D'abord, ses amies l'avaient trahie ! Maintenant elles essayaient de la tromper et cherchaient à ébranler ses convictions ! Comment osaient-elles se moquer d'elle ainsi ?

— À cause de cette Muraille que vous défendez, lança-t-elle d'une voix entrecoupée, les gens de Méridian sont obligés de vivre cloîtrés. Ils n'ont pas d'autre choix.

Elyon sentit les larmes lui monter aux yeux, mais elle ne pensait déjà plus à garder son apparence de froideur. L'émotion avait pris le dessus.

— À cause de cette Muraille, poursuivit-elle d'une voix stridente, mon frère Phobos m'a cherchée pendant des années sans pouvoir me trouver. À cause de cette maudite Muraille, ma vie a été bouleversée ! C'est pour ça que je vous hais, Gardiennes !

Irma s'avança à l'avant de la bulle et fixa Elyon d'un regard suppliant.

— Nous étions pourtant amies, il n'y a pas si longtemps ! lui rappela-t-elle d'une voix frémissante.

— C'est vrai, Irma, répondit Elyon en reculant. Mais maintenant, je ne vous reconnais plus. Regardez comme vous avez changé, comme vous êtes devenues grandes et belles !

— Toi aussi, tu as changé ! cria Hay Lin d'un ton désespéré.

La colère d'Elyon s'apaisa alors. Une douleur sourde lui noua le ventre. Hay Lin avait raison.

— Oui, j'ai changé, déclara fièrement Elyon, rassurée par Cedric dont la queue de serpent l'entoura d'un mouvement protecteur. Après avoir emprisonné les traîtres qui s'étaient fait passer pour mes parents, j'ai traversé la Muraille pour retrouver mon vrai foyer, et j'ai enfin découvert ma véritable personnalité !

— Et tes pouvoirs cachés, lui souffla Cedric.

— Oui, mes pouvoirs !

Le moment était venu pour Elyon d'en faire la démonstration. Levant les bras, elle fixa son regard sur ses mains. Son corps se mit à vibrer de toute la puissance nécessaire à sa tâche. Ses muscles se contractèrent au maximum. Du bout de ses doigts jaillirent des étincelles et la douleur qu'elle ressentait au creux du ventre s'intensifia.

En même temps, son esprit restait comme engourdi – ce qui, en fait, rendait sa tâche plus facile.

Et, brusquement – *Kzaaaaammmm !* – elle envoya une rafale magique contre la bulle des Gardiennes.

— Vous avez senti ? cria-t-elle. C'est ce qu'on appelle un pouvoir *absolu* !

— Aaaaaah ! hurla Taranee, jetant vers Will un regard paniqué... Que se passe-t-il ?

— Je ne sais pas, répondit Will. Il faut sortir de cette prison. Allez ! Essayons de pousser toutes ensemble !

« Ha ! se dit Elyon. Même le Cœur de Kandrakar ne peut rien contre ça. » Elle se mit à rire frénétiquement en voyant les filles gaspiller leurs forces contre la bulle magique.

— Inutile de vous donner tant de mal, les filles ! Vous avez perdu ! Et vous comprendrez bientôt toute la souffrance de la Zone Obscure du Non-Lieu. Vous découvrirez ce qu'on ressent quand on est prisonnier et loin de tout... *pour toujours* !

Elyon lança contre ses ennemies une dernière salve d'ondes magiques – *Craaaaakkkzzzz !* – puis baissa les bras, rompant ainsi le lien entre elle et la bulle. La prison se volatilisa alors.

Mais les Gardiennes ne furent pas libérées pour autant. Elles s'enfoncèrent à toute vitesse dans le néant... un vide infini, où le temps et l'espace n'existent plus... un exil à nul autre pareil !

Elles se mirent à rapetisser. Bientôt, Elyon ne les vit presque plus. Elle les entendit seulement pousser leurs derniers cris avant qu'une grande lumière blanche les absorbe.

Un sourire vengeur se dessina alors sur ses lèvres.

Rien ne subsistait de ces cinq vies humaines, seule une mince volute de fumée, un reste de magie.

— Très bien, Elyon, tu as été excellente ! s'écria Cedric en battant des mains.

Ses applaudissements résonnèrent de façon sinistre entre les murs froids du musée. Elyon essaya de sourire, mais n'y réussit pas. Elle était trop épuisée pour éprouver un quelconque sentiment de triomphe ou de bonheur.

« La vengeance est sans doute comme la barbe à papa, songea-t-elle avec lassitude. Le plaisir qu'elle procure est de courte durée. »

— Le prince Phobos sera satisfait, poursuivit Cedric. Les cinq enquiquineuses de Kandrakar ne sont désormais plus un problème. Cette fois, rien ne pourra les sauver !

6

Les yeux fixés sur les baskets rouges de son chef, Kurt, chaussé de vieilles baskets de la même couleur, marchait derrière Uriah sans le quitter d'une semelle. Chaque fois que ce dernier levait le pied, Kurt essayait de poser le sien exactement au même endroit.

Il trouvait ce petit jeu amusant. Il s'imaginait en soldat, suivant à la trace un ennemi dans la neige. L'idée lui était venue à force d'accompagner Uriah partout, que ce soit pour aller au collège, principalement en retenue, ou dans toutes les combines que le chef de la bande pouvait inventer.

« Aujourd'hui, son plan est vraiment génial, se dit Kurt en riant tout seul de la trouvaille. On va s'introduire en douce dans le musée de Heatherfield pour s'attaquer à un monstre !... Comme le chevalier Schneider dans *Goth Slam II* ! Ouais ! *Brrr ! Brrr ! Brrr ! Je t'ai eu, dragon ! Yah-ha !* »

— Kurt !

Uriah s'était arrêté si brusquement que Kurt buta contre lui. Du moins le ventre de Kurt, car, vu son embonpoint, cette partie de son corps arrivait toujours un quart de seconde avant le reste. Uriah lui jeta un regard noir par-dessus son épaule.

— Tais-toi ! siffla-t-il. Tu veux qu'on se fasse prendre avant même d'être arrivés, crétin ?

— Je n'ai rien dit, protesta Kurt.

— Tu es mort, dragon, plaisanta Laurent en faisant mine de lui donner un coup de poing.

— Oh... euh... est-ce que j'ai parlé à voix haute ? s'inquiéta Kurt. Oups !

Uriah roula de gros yeux en tirant sur un de ses épis d'un geste impatient.

— En tout cas, ferme-la quand nous serons dans le musée. Tu ne veux pas être le maillon faible de la bande, hein ?

— Trop tard ! s'esclaffa Laurent.

Nigel, qui les suivait depuis un moment sans enthousiasme, commençait à devenir nerveux.

— Hé, les gars, faites pas tant de bruit !

Tandis que la bande contournait le musée, Kurt serra les lèvres. Ce n'était pas difficile. Il lui suffisait de ne plus penser aux dragons des jeux vidéo. Il choisit alors de penser au déjeuner. Aujourd'hui, il s'était préparé des sandwichs au rôti de bœuf avec, en prime, quelques amuse-gueule croustillants... Miam...

— Regardez, dit Laurent, interrompant les rêves alimentaires de Kurt. Ils ont même laissé la fenêtre ouverte pour nous !

Kurt cligna des yeux. En effet, Laurent pointait son doigt vers une fenêtre grande ouverte.

— Qu'on aille pas nous dire que les musées sont bien gardés !

— C'est pas le moment de s'en plaindre ! lui lança Uriah avec un sourire diabolique. Allez, suivez-moi !

Uriah se hissa jusqu'au rebord de la fenêtre et se glissa ensuite sans difficulté à l'intérieur.

— Oh-oh, fit Kurt.

La fenêtre était au moins à deux mètres cinquante du sol, et Kurt mesurait à peine un mètre cinquante. Il jeta à Nigel et Laurent des regards suppliants.

Les deux garçons hésitèrent en regardant sa bedaine.

Puis ils levèrent les yeux vers la fenêtre.

Après quelques soupirs plaintifs, ils finirent par joindre leurs mains pour lui faire la courte échelle. Kurt grimpa sur le marche-pied improvisé avec un sourire reconnaissant et se hissa tant bien que mal jusqu'au rebord de la fenêtre.

— Dis donc ! grogna Nigel en lâchant les baskets de Kurt, il serait temps de te mettre au régime !

Kurt agita ses courtes jambes dans tous les sens pour faire passer le reste de son corps de l'autre côté. Il y réussit, finalement, et atterrit lourdement sur le sol.

« Ouf, songea-t-il, soulagé. Je suis encore bon pour faire partie de la bande ! »

Tandis que Laurent et Nigel se glissaient à leur tour par la fenêtre, Kurt sortit une torche de la poche arrière de son ample jean. Il l'alluma et commença à suivre Uriah dans le couloir principal du musée, une longue galerie bordée d'objets médiévaux.

La torche de Kurt éclaira successivement des blasons, de vieilles tapisseries moisies et des armures.

« C'est mortel, ces musées ! se dit-il. Ça donne envie de bâiller. »

La mine renfrognée, il avançait en traînant les pieds, quand sa lampe éclaira une armure qui lui rappela soudain quelque chose.

« Hé, mais ce sont des armures de chevalier, comme le chevalier Schneider ! »

Aussitôt, Kurt s'imagina à nouveau dans *Goth Slam II*. Il croyait entendre le cliquetis d'une épée contre un plastron d'acier. Ouais ! *Brrr ! Brrr !*

— Kurt ! siffla Laurent, interrompant brutalement ses fantasmes guerriers. Éteins donc cette torche !

Kurt fit la moue, mais obéit aux ordres de Laurent. Quand la lampe s'éteignit, il cligna des yeux pour essayer d'apercevoir quelque chose mais ne vit que des taches.

— Nous devons être silencieux comme des chats, déclara Uriah en arrivant au bout de la galerie.

Il y avait une porte, au fond, qui menait à l'aile des Beaux-Arts. D'après les rumeurs, c'était là que se cachait le monstre.

— Ouais ! poursuivit Uriah en riant. On va faire comme si on était des pumas.

Des pumas ! C'était encore plus cool que des chevaliers !

— Ouais, ouais ! pouffa Kurt. Comme des pumas !

Klang-rataklang-klonk !

— *Aïe !*

Kurt secoua la tête, repoussa une mèche de cheveux bruns qui lui tombait sur les yeux et se découvrit brusquement au milieu d'un champ de bataille... en plein épisode de *Goth Slam II* ! La main sur la poignée d'une épée, il contempla d'un air hébété les restes d'un chevalier qui gisaient autour de lui en pièces détachées : un bras sur ses genoux, un pied un peu plus loin, une tête roulant sur le sol comme un enjoliveur de voiture...

« Qu'est-ce qui m'arrive ? se demanda-t-il. Est-ce que, par hasard, j'aurais eu un étourdissement au milieu du combat ? Suis-je un héros de la guerre ? »

Non, hélas ! Kurt était tout simplement un empoté qui avait percuté une armure... Fait aussitôt confirmé par l'apparition à ses côtés du visage boutonneux d'Uriah, qui se mit à pester contre lui.

— Qu'est-ce que tu fabriques ?

— Ce n'est pas ma faute, protesta Kurt en s'aidant de l'épée pour se relever. Fallait pas me dire d'éteindre ma lampe !

Nigel arriva en courant. Son visage était plus pâle que la lune dont la lumière pénétrait par les fenêtres du musée.

— S'il y a des gardes dans les parages, dit-il, haletant, ils ont certainement entendu ce boucan. Allons-nous en !

— Si tu veux partir, vas-y, dit Uriah, plein de mépris. Mais il faudra que tu passes devant moi ! ajouta-t-il d'un air menaçant.

Bloquant le chemin à Nigel, Uriah fit face à ses coéquipiers et, tout en leur parlant, se mit à reculer vers la porte qui donnait accès aux salles des Beaux-Arts. À mesure qu'il s'éloignait d'eux, il se fondait dans l'obscurité du couloir.

— Nous sommes venus ici pour attraper un monstre, déclara-t-il, caché dans l'ombre, et nous ne sortirons pas d'ici sans en avoir au moins vu un !

Boum !

Uriah poussa un grognement. Il venait de heurter quelque chose. Kurt recula, craignant la chute d'une armure ou d'une tapisserie.

Au lieu de cela, il entendit, très haut au-dessus d'eux, une grosse voix, sinistre et narquoise.

— Vous cherchez quelque chose, les gars ?

Soudain, une créature mi-homme, mi-bête, s'avança vers eux. Un monstre d'au moins trois mètres, avec un masque rouge qui couvrait le haut de son visage où luisaient des yeux étincelants de colère. Il avait la peau verte, comme un serpent, une tignasse blond cendré et une queue de reptile qui balayait le sol à la manière d'un détecteur. Près de ce personnage terrifiant, se tenait un autre monstre à la peau bleu vif, deux fois plus petit que l'homme-serpent en hauteur, mais double en largeur ! Il avait des espèces de cornes sur la tête − on aurait dit des pierres

– et grognait en montrant des dents redoutables.

Tandis qu'Uriah poussait un hurlement, l'homme-serpent, d'un simple geste, l'envoya rouler par terre. Laurent laissa échapper un cri de terreur et recula en titubant. Quant à Nigel, encore plus pâle qu'auparavant, il resta paralysé à côté de Kurt.

Kurt n'avait pas l'air effrayé. Pas vraiment. Il ne se sentait pas non plus particulièrement courageux, mais il prit spontanément l'attitude d'un guerrier. Plantant fermement ses gros pieds sur le sol de marbre, il serra les doigts autour de l'épée qui, par miracle, se trouvait encore dans sa main.

Soudain, le cri le plus fort de tous ne vint pas de Laurent, de Kurt ni de Nigel, mais d'Uriah !

Cornelia était sûre d'être la première des Gardiennes à comprendre ce qu'Elyon venait de leur faire.

Les deux filles avaient été très amies auparavant et, si quelqu'un comprenait comment fonctionnait l'esprit d'Elyon, c'était bien Cornelia. Avant qu'Elyon ne parte pour la Zone Obscure du Non-Lieu, elle rêvait d'évasion. Elle n'avait jamais aimé les complications de la vie réelle : les amours impossibles, les mauvais déjeuners du collège, les parents casse-pieds, les devoirs de maths...

Quand elle n'en pouvait plus de tout ça, elle se réfugiait dans l'art, et passait des heures à dessiner ou à peindre. C'était dans ce monde-là qu'elle se sentait le mieux.

« Voilà pourquoi elle nous a installées dans une œuvre d'art », songeait Cornelia. D'un regard sombre, elle parcourut la scène dans laquelle ses compagnes et elle venaient d'atterrir.

Elles étaient debout près d'un puits de pierres sommairement taillées. Le sol sous leurs pieds était en terre battue. Autour d'elles, s'affairaient tout un peuple de villageois en chair et en os. Les femmes, vêtues simplement, portaient des jupes longues, des bonnets et des corselets attachés avec des lacets de cuir, et les hommes, des culottes de daim et des tuniques serrées à la taille.

Tout le monde était occupé : les uns à transporter des paniers remplis de pain, de légumes ou de viande, les autres à lancer des pétales de fleurs, d'autres encore à porter des bannières jusqu'à une estrade dressée sur la place centrale. Ces bannières, flottant dans une brise parfumée, étaient décorées de soleils, d'arbres fleuris, de danseurs et d'autres symboles printaniers.

Les gens riaient, bavardaient : ils avaient l'air robustes et joyeux, et toute cette joie de vivre agaçait terriblement Cornelia.

« Ils m'énervent, ces gens figés dans le passé et englués dans une bonne humeur permanente ! Bien sûr, eux, ils n'ont pas de pouvoirs magiques et personne ne leur a demandé de sauver le monde... Ils n'ont pas été bannis de chez eux par une fille qui en veut à la terre entière. Non, ce sont simplement les personnages du *Printemps éternel*, ce tableau peint par machin Van Dahl et dans lequel, hélas, nous nous trouvons !

« Hé, à propos de pouvoirs magiques... ! se rappela soudain Cornelia. J'ai failli oublier ! Je suis celle qui contrôle la terre... Et, si je ne me trompe, nous sommes bien sur de la terre ! »

Elle jeta un coup d'œil sur ses bottes violettes maculées de brun jaunâtre.

« Pour être tout à fait exacte, rectifiat-elle, nous sommes sur de la peinture qui est censée représenter de la terre. Espérons que cela me permettra quand même de nous sortir de là. Je vais juste créer une fissure dans la terre, et ça fendra la toile du tableau ! Cela suppose, naturellement, que je sacrifie une œuvre d'art, mais ensuite nous serons libres ! »

Cornelia jeta un coup d'œil du côté de ses compagnes. Elle se dit qu'elle devrait sans doute soumettre son idée à Will avant de faire appel à ses pouvoirs magiques. Will était leur chef, après tout.

Mais quand même, c'était son idée à elle ! Si elle réussissait, elles pourraient sortir toutes les cinq de cette stupide peinture. Et grâce à qui ?... À Cornelia ! C'était peut-être mesquin, mais, pour une fois, elle voulait être la vedette. Elle en avait assez d'être toujours dans l'ombre de Will.

Après un dernier regard dédaigneux aux joyeux villageois, Cornelia ferma les yeux et envoya toute son énergie vers ses orteils. Derrière ses paupières closes, elle vit des ondes vertes, puis sentit vibrer son corps tout entier.

Lorsque ses pouvoirs magiques atteignirent leur intensité maximum, elle décida que le moment était venu de se libérer. Elle s'imagina alors dehors avec ses amies, dans un endroit paisible, sur l'herbe ou au creux d'un arbre.

Elle allait les ramener chez elles.

Enfin, Cornelia sentit ses pouvoirs se dissiper. Elle pouvait maintenant ouvrir les yeux. Clignant des paupières pour chasser les dernières taches vertes, elle regarda autour d'elle d'un air triomphant, impatiente de voir où les Gardiennes avaient atterri. Elles étaient...

Quoi ?... Encore dans le tableau ?

Cornelia n'en croyait pas ses yeux : elle et ses amies n'avaient pas bougé d'un pouce !

« Mais alors, gémit-elle intérieurement, mes pouvoirs ne servent à rien ici ! Décidément, il y a des tas de choses que je ne comprends pas chez Elyon. En particulier, tous ces sortilèges qu'elle mijote dans sa vilaine caboche ! »

Cornelia regarda tour à tour les visages effrayés de ses amies et les joyeux villageois qui s'affairaient autour d'elles.

« Incroyable ! se dit-elle. Il y a seulement quelques minutes, nous étions les êtres les plus puissants de la terre et, par notre seule volonté, nous pouvions agir sur les éléments. Maintenant – comme les choses changent vite ! – nous n'avons plus aucun pouvoir. Nous sommes prisonnières d'un tableau ! »

— Les filles, dit Irma d'une voix tremblante, je crois que nous avons un problème...

— Où sommes-nous ? s'écria Hay Lin. Qu'est-ce que c'est que cet endroit ?

— Tu n'as pas compris ? hurla Cornelia. Nous sommes dans un tableau. C'est encore un tour d'Elyon !

Taranee, le souffle coupé, regardait, éberluée, un jongleur juste à côté d'elle, tandis que deux autres types les bousculaient en passant avec des piquets et une toile de tente. Ils semblaient se préparer pour quelque représentation en plein air.

— Qui sont ces gens ? demanda-t-elle, étonnée.

Sans laisser le temps aux Gardiennes de réfléchir à la question, un homme sorti de la foule – un moustachu coiffé d'un chapeau ridicule – trébucha et vint s'écraser contre Taranee qui reçut son coude en plein dans l'estomac.

— Hé ! cria-t-elle au maladroit. Vous ne pouvez donc pas faire attention ?

— Et toi ! rétorqua l'homme.

Son sourire jovial disparut dès qu'il aperçut les collants rayés, le ventre nu et la coiffure extravagante de Taranee.

L'angoisse saisit soudain Cornelia. Taranee et toutes les Gardiennes avaient l'air d'ados on ne peut plus modernes... Elles ne cadraient pas du tout avec cette scène d'un autre temps.

— D'où venez-vous ? s'enquit l'homme.

Sa voix tonitruante attira l'attention du jongleur et d'un couple en luxueux vêtements de velours.

— Regardez-les ! s'écria le jongleur.

— Qui est-ce ? cria à son tour la femme du seigneur.

— Ils ne sont sûrement pas d'ici, décréta un villageois.

Cornelia serra les poings.

« Ça y est, voilà les ennuis qui commencent ! » se dit-elle.

Une villageoise s'approcha des Gardiennes avec un sourire excité.

— Vous êtes des comédiennes ambulantes ? Où est votre caravane ?

Une autre encore, la tête enveloppée d'un

châle de laine brune, attrapa une des ailes de Will et s'extasia :

— Peut-être que ce sont des comédiennes. Regardez comme elles sont habillées !

— Et alors ? On est sûrement plus à la mode que vous, vieille sorcière !

Cornelia leva les yeux au ciel.

Il ne fallait pas longtemps à Irma pour perdre son calme, songea-t-elle. Mais cela n'avait rien de nouveau.

Will essaya d'arranger les choses.

— Partons, Irma, lui souffla-t-elle en prenant son amie par le bras.

Aussitôt, les Gardiennes s'enfoncèrent dans la foule. En se frayant un chemin entre une mule et la charrette d'un camelot, elles réussirent à échapper aux curieux qui les questionnaient, mais pour retomber aussitôt sur une autre foule. Il n'y avait pas moyen d'en sortir.

Jetant autour d'elle des regards gênés, Will murmura :

— Il faut reprendre notre véritable aspect. Nous attirons trop l'attention.

— Tu as raison, Will, acquiesça Hay Lin.

Avant que Cornelia ne tente de la décourager, Hay Lin mit les bras le long du corps et ferma les yeux. Aucun tourbillon magique ne jaillit de ses mains. Lorsqu'elle rouvrit les yeux, sa tenue n'avait pas changé.

— M-mais..., balbutia-t-elle, ébahie.

— Ça ne marche pas, s'écria Will. On ne se transforme pas !

— Nos pouvoirs ont disparu, annonça Cornelia d'un air sombre.

« Juste au moment où elle commençait à s'y habituer ! se dit-elle. Ce boulot de Gardienne est vraiment nul ! »

— Des pouvoirs ? répéta une voix étonnée derrière elle.

Cornelia se retourna vivement. Un attroupement s'était formé derrière elle et les gens commençaient à les regarder de travers.

— De quoi parlent-elles ? s'inquiéta un homme avec une barbe en pointe.

— Ce sont probablement des illusionnistes, dit une femme aux joues rebondies mais qui semblait sceptique.

C'est alors que se détachèrent de la foule trois soldats portant cuirasse, casque et cuissardes. La main sur le pommeau de son épée, le chevalier de tête déclara :

— Ou pire encore... des sorcières !

— Hé, les filles, murmura Will aux autres Gardiennes en reculant d'un pas, ces gens ont peur de nous !

— J'ai encore plus peur d'eux, souffla Hay Lin en désignant les lourdes épées des soldats. Ils sont capables de nous découper en rondelles.

— S'ils réussissent à nous attraper ! s'écria Irma.

D'un bond, elle quitta ses amies, courut vers les étalages installés le long de la rue, saisit la table d'un marchand de fruits par le bord et la souleva de toutes ses forces. Pommes, poires et melons déboulèrent des paniers renversés devant les soldats estomaqués.

— C'est une agression ! s'écria le chef. Arrêtez !

« Il est temps de filer ! » se dit Cornelia.

Sans demander leur reste, les filles tournèrent les talons et se précipitèrent dans la foule. Mais c'était difficile de prendre la fuite avec tous ces gens qui encombraient la place. Cornelia se cogna à une grosse bonne femme chargée d'un panier plein de provisions, Irma se prit les pieds dans l'ourlet d'une longue cape et Taranee fit une manœuvre acrobatique pour éviter la table d'une diseuse de bonne aventure. Elle y parvint de justesse, mais non sans flanquer par terre la boule de cristal.

— Si nous ne sortons pas de cette foule, nous sommes perdues, déclara Cornelia tandis que résonnait à ses oreilles un bruit de verre cassé. Ils ne vont pas tarder à nous rattraper.

Cornelia entendait déjà les voix bourrues des soldats dominant le tohu-bohu.

— Poussez-vous ! beuglait un soldat.

— Arrêtez les sorcières ! ordonnait un autre.

— Où allons-nous ? cria Hay Lin, cherchant désespérément une issue.

Will se mordait nerveusement la lèvre.

« Oui, où allons-nous ? se répéta Cornelia, sentant la panique monter en elle. Nous sommes coincées ! »

— Je sais ! dit Will d'une voix haletante en levant les yeux. Là-haut !

Elle pointait le doigt vers le toit de chaume d'une maison voisine.

Cornelia souleva sa longue jupe et grimpa sur un tonneau. De là, elle se hissa sur un mur étroit. Puis, attrapant la paille à pleines mains, elle grimpa, une main après l'autre, jusqu'au sommet du toit.

Ses amies la suivirent aussitôt. En arrivant sur le toit, elles virent qu'il y avait d'autres bâtiments à côté.

Des maisons plus grandes.

Après s'être consultées du regard, elles reprirent leur escalade avec détermination. Elles longèrent sur la pointe des pieds l'arête d'un autre toit, puis montèrent quelques marches vers une tourelle de pierre. Entendant les voix des soldats en colère, elles pressèrent le pas.

— Pas moyen d'aller quelque part sans être pourchassées ! se plaignit Cornelia, tandis qu'elle sautait de la tourelle sur un autre toit de chaume. À Méridian, c'était pareil !

— Si seulement c'était pour nous demander un autographe..., soupira Hay Lin avec nostalgie.

— Faut pas rêver ! Ceux-là, ils veulent notre peau ! lui rappela Taranee qui essayait tant bien que mal de trouver son équilibre.

— Les voilà ! cria une voix juste en dessous.

Les soldats !

Ils les avaient suivies à travers les rues et, l'épée dégainée, ils regardaient les filles d'un air féroce.

— Zut ! Ils nous ont vues ! cria Will, en faisant marche arrière. Desc... *aaah* !

Elle ne put achever sa phrase. Sa jambe s'enfonça à travers la paille, suivie du reste de son corps. On entendit un cri, puis plus rien.

— Will ! s'écrièrent en chœur les autres Gardiennes.

Mais elles n'eurent guère le temps de s'inquiéter du sort de leur compagne, car elles-mêmes se mirent à glisser vers le trou !

— Au secours ! cria Irma en se raccrochant frénétiquement à la paille – en vain, naturellement.

— Aïe ! fit Cornelia en atterrissant sur le sol de terre battue.

En quelques secondes, les cinq filles se retrouvèrent par terre, à l'intérieur de la chaumière. La propriétaire des lieux, qui pétrissait son pain, poussa un hurlement, tandis que la porte s'ouvrait brutalement. Deux des soldats casqués firent irruption dans la pièce, leurs épées étincelantes pointées en avant.

— On vous tient, sorcières ! lança le chef.

— Oh ! fit Will.

Cornelia, voyant son amie cligner de

l'œil, regarda dans la direction qu'elle lui indiquait. Les Gardiennes étaient juste à côté de la porte de derrière ! Et, par une chance extraordinaire, elle était ouverte.

— Ils disent tous ça ! lança Will aux soldats. Mais on a plus d'un tour dans notre sac !

Là-dessus, Cornelia se précipita vers la porte et ses compagnes s'élancèrent avec elle. Elle dégringola deux marches et parcourut rapidement la cour du regard.

— Par ici ! cria-t-elle en tournant à gauche. Vite !

Tandis qu'elle jetait un regard derrière elle pour presser le mouvement, le troisième soldat lui bloqua le chemin et elle le percuta en pleine poitrine. Les bras musclés se refermèrent sur elle comme un étau.

— Où cours-tu ainsi, petite ? demanda l'homme avec un sourire mauvais.

— Non ! grogna Cornelia en se débattant pour se dégager.

Mais sans ses pouvoirs magiques, elle ne pouvait rien contre cette grande brute.

« Je promets, songea Cornelia avec amertume, de ne plus *jamais* me plaindre de mes pouvoirs. Si je les avais en ce moment, je ligoterais ce type avec des tiges de vigne vierge grosses comme des boas constricteurs, je lui fourrerais des nids d'oiseaux dans les oreilles et je changerais ses sourcils en mousse ! »

En réalité, Cornelia ne pouvait rien faire d'autre que de lui jeter des regards assassins, dont il se moquait totalement.

Les autres soldats sortirent de la maison en fulminant.

— Je les ai attrapées, capitaine ! annonça la brute qui tenait Cornelia en resserrant son étreinte.

Les Gardiennes étaient bel et bien piégées. Mais pas sans voix.

— Bas les pattes, grosse brute ! cria Cornelia au soldat.

À force de se débattre, elle réussit à lui tourner le dos. C'est à ce moment-là qu'il vit de près les ailes de sa prisonnière. Ses yeux de fouine s'arrondirent de stupeur, puis de frayeur.

« Ah, ah ! songea Cornelia. Je n'ai pas de pouvoirs magiques pour l'instant, mais ça ne se voit pas, et mes ailes l'impressionnent. »

Pour renforcer son effet, elle fit jouer les muscles de son dos et les plumes de ses ailes se mirent à palpiter.

— Qui sont ces filles ? s'écria le soldat. Elles ont des ailes ! De vraies ailes !

— Ça alors ! s'exclama l'un des deux autres.

Il s'avança pour toucher les ailes de Cornelia avec précaution. Elle essaya de le repousser. Ses plumes étaient douces comme du satin, chatoyantes commes des ailes de libellules. C'est ce qu'elle préférait dans ses attributs de magicienne et elle ne voulait à aucun prix les partager. Lorsque le chef s'avança à son tour plein de curiosité, elle lui envoya un coup de pied dans le tibia. L'effet fut radical, et il ne s'approcha pas davantage.

En revanche, il se mit en colère, et même *très* en colère.

— Emmenez-les au poste de garde ! ordonna-t-il à ses subalternes. Je vais immédiatement avertir le chambellan.

— Rien ne presse, capitaine von Schliege, dit une voix à la lisière du jardin.

Cornelia, ses amies, et même les soldats se retournèrent, interloqués, et virent un homme s'approcher d'eux.

— Vous ! s'exclama le chef, visiblement surpris.

Cornelia se demanda qui pouvait bien être cet individu. Son aspect n'avait rien, à priori, qui puisse intimider trois guerriers armés jusqu'aux dents. Il était très mince, avec des cheveux bruns hirsutes qui lui tombaient sur les yeux et un visage fin et pâle. Ses grands yeux noirs avaient un air triste, mais sa bouche aux lèvres serrées et encadrée d'un bouc bien taillé trahissait une certaine détermination.

— Le poste de garde n'est pas un endroit

approprié pour ces délicates jeunes filles, déclara-t-il.

— Tu entends, grosse brute ? s'écria Irma.

Se ruant sur le soldat qui tenait Cornelia, elle saisit son bras des deux mains pour lui arracher son amie, puis ajouta :

— Ôte tes pattes de là immédiatement !

Le soldat lui donna satisfaction en libérant Cornelia, mais, en échange, il s'empara d'Irma elle-même ! Sa grosse main serrée autour du poignet d'Irma, il se tourna vers le mystérieux inconnu et lui demanda comme une faveur :

— Celle-ci n'est pas délicate. Je peux l'emmener ?

Cornelia faillit pouffer de rire.

— Pas question, capitaine, répondit l'homme. Dites au chambellan que ces jeunes filles sont mes hôtes, aussi longtemps qu'elles le voudront.

— Mais, protesta le chef d'un ton douce- reux, messire Van Dahl...

Un simple regard de son interlocuteur suffit à l'arrêter. Les épaules basses, il fit signe à ses hommes et tous trois quittèrent la cour d'un pas lourd et bruyant.

Quand ils furent partis, les Gardiennes firent cercle autour de leur sauveur. Son regard autoritaire avait disparu. Maintenant, il semblait las. Il resserra sa longue tunique orange autour de lui, comme si, soudain, il avait froid. Les filles le regardaient, intriguées, lorsque, bien sûr, Irma prit la parole.

— Merci pour votre aide, monsieur !

— Je vous en prie, dit modestement l'homme avec un petit geste de la main. Et appelez-moi donc Elias.

— Vous n'avez pas eu de mal à les faire partir, dit Irma avec un regard admiratif. Vous devez être quelqu'un d'important, Elias.

« C'est ça, Irma, songea Cornelia. Ne te gêne pas, surtout ! On le connaît à peine et tu te mêles déjà de ses affaires !... »

Mais Elias ne semblait pas contrarié. Il sourit humblement et dit :

— Après toutes ces années, je ne sais

toujours pas s'ils me craignent ou me respectent. Une chose est sûre : ils me doivent beaucoup.

Cornelia fronça les sourcils, perplexe. Elias leva des yeux mélancoliques vers le ciel ensoleillé, puis gratta légèrement la terre du bout de sa chaussure. Finalement, il soupira et regarda les filles avec un sourire mélancolique :

— Ce ciel, cette ville, ces gens même, leur apprit-il d'un ton désabusé, c'est moi qui les ai créés.

8

Nigel, encore sous le choc, se demanda depuis combien de temps il avait cessé de respirer.

« Sans doute depuis plusieurs minutes, se dit-il. J'ai dû avoir un malaise par manque d'oxygène et maintenant, j'ai des hallucinations ! »

C'était la seule façon d'expliquer ce qu'il voyait : un énorme serpent avec des yeux rouges, de longs cheveux blancs et un visage à demi humain !

Un homme-serpent qui parlait, en plus ! Quand il s'était dressé devant Nigel et sa bande, accompagné d'un mastodonte bleu qui ressemblait à un morse, il n'avait pas l'air très content de les trouver là.

Nigel non plus n'était pas ravi et il ne demandait qu'à s'enfuir. Non seulement il voulait échapper à ces deux monstres, mais il avait grande envie de laisser tomber les trois types qui se trouvaient à côté de lui – ses soi-disant amis.

Il jeta un coup d'œil vers Uriah et Laurent. Tous deux poussaient des hurlements.

« Ces voyous n'hésiteraient pas à me livrer aux monstres pour sauver leur peau, se dit-il. Et Kurt ne serait pas mieux traité. »

À propos, où était-il, le rondouillard de la bande ?

Nigel regarda autour de lui et l'aperçut à quelques pas de là.

« Cette fois, c'est certain, j'ai des hallucinations !... Est-ce bien Kurt qui joue les sauveurs ? »

Non, il ne rêvait pas. Kurt s'était détaché du groupe pour faire face aux monstres et brandissait une gigantesque épée – une arme si lourde qu'il pouvait à peine la lever au-dessus de sa tête. Se rendait-il compte à quel point son acte de bravoure était désespéré ? Si oui, cela ne se voyait pas sur sa figure. Les joues rouges d'excitation, il marmonnait entre ses dents :

— *Brrr ! Brrr !* Prends ça, dragon !

« Génial, notre équipe, se dit Nigel. Deux lâches et un fou délirant. Et moi, là-dedans, qu'est-ce que je suis ?... L'idiot de la bande, merci beaucoup ! »

Il soupira. Il se rendait compte qu'il vivait dans cet état de stupidité depuis longtemps. En fait, depuis qu'il sortait avec la bande d'Uriah.

Il en était devenu un membre permanent.

Sans réfléchir, il s'était laissé entraîner dans le clan des mauvais éléments de Sheffield et, une fois là, il n'avait pas réussi à en sortir. Il s'était senti coincé.

Coincé, il l'était plus que jamais avec ces horribles monstres en face de lui ! Il n'était pas encore remis du choc, il respirait avec peine. Puis, brusquement, ses poumons se débloquèrent. Il inspira une grande bouffée d'oxygène et cligna des paupières. L'homme-serpent et le colosse bleu étaient toujours là. Nigel n'avait donc pas perdu connaissance et ce n'était pas une hallucination.

Les monstres étaient bien réels !

— Sauvons-nous ! cria Uriah.

Et, prenant ses jambes à son cou, il s'enfuit par le long couloir du musée. Kurt, quant à lui, tenait tête à l'ennemi. Il s'enhardit même jusqu'à faire un pas en direction du colosse bleu en brandissant l'épée sous son nez.

— Arrière ! ordonna-t-il au monstre avec des tremblements dans la voix.

— Kurt ! cria Nigel.

Il jeta un coup d'œil derrière lui, du côté des fuyards, puis regarda Kurt, visiblement effrayé par les grognements du géant. Que faire ? Le malheureux allait être réduit en marmelade. Et, s'il se lançait dans la bagarre, Nigel subirait le même sort !

Enfin, il haussa les épaules et courut vers son camarade. Mais avant qu'il ait pu le rejoindre, le monstre se pencha vers Kurt et gronda en montrant les dents.

— Misérable vermiceau ! cracha-t-il d'une voix râpeuse. Tu crois m'impressionner avec ton cure-dent !

Et, d'un revers de main, le géant fit voler l'épée qui alla se planter au beau milieu d'un tableau – une nature morte célèbre.

— *Aaaah !* cria Kurt, écarquillant les yeux comme si lui aussi s'éveillait brusquement d'un rêve.

Le monstre éclata d'un rire sardonique et se précipita sur Kurt.

Les pieds de Nigel se remirent en mouvement presque malgré lui. Sans prendre le temps de réfléchir, il attrapa Kurt par le col de sa chemise et le tira hors de la portée du monstre.

— Cours, Kurt ! cria-t-il, en essayant désespérément d'entraîner son compagnon vers la sortie.

Les deux garçons se sauvèrent alors à toute allure.

Mais ils ne restèrent pas longtemps ensemble. Tandis que Nigel se dirigeait vers la fenêtre à l'extrémité du couloir, Kurt s'élança vers le hall d'entrée et les grandes portes vitrées. Nigel était sûr que ces portes étaient fermées à clé et équipées de puissantes alarmes.

Comment le faire comprendre à Kurt ? Aussitôt sorti de son rêve héroïque, il était devenu hystérique !

— Les monstres, les monstres ! Au secours ! hurlait-il en courant vers les portes.

— Kurt ! cria Nigel.

Tandis qu'il se lançait à sa poursuite, il vit Uriah et Laurent hésiter au bout du couloir puis revenir sur leurs pas. Ils avaient entendu les cris de panique de Kurt et avaient compris, eux aussi, qu'il fallait l'arrêter au plus vite. Les trois garçons débouchèrent dans le hall en même temps.

— Que fais-tu, Kurt ? siffla Nigel. Par ici !

— Faites-moi sortir ! hurla Kurt en tambourinant sur les portes. Je veux sortir ! Je veux rentrer chez moi !

Il essaya désespérément de tourner la poignée. Mais, comme Nigel l'avait prévu, les portes étaient verrouillées.

Alors, en guise de clé, Kurt décrocha un extincteur de son support à côté de la porte et le lança à travers la vitre ! Au fracas de verre brisé succéda immédiatement le hurlement de la sirène.

Ouaa-aa-aa-iiii !

« C'est bien ce que je craignais », se dit Nigel. Il baissa la tête, découragé.

Mais Uriah ne se laissait pas abattre si facilement. Il attrapa Kurt et le secoua violemment.

— Imbécile ! hurla-t-il. Si on se fait prendre, c'est ta faute !

— Retournons à la fenêtre de derrière, lança Laurent d'une voix rageuse.

Il quitta le hall en vitesse et remonta le couloir en courant. Uriah et Kurt le suivirent et Nigel leur emboîta le pas.

En entrant dans la longue galerie, il jeta un coup d'œil inquiet par-dessus son épaule vers l'endroit où étaient apparus l'homme-serpent et le colosse bleu. Se préparaient-ils à poursuivre les garçons ? S'armaient-ils de bombes à venin ? De bombes explosives bleues ? Ou de quelque arme futuriste que Nigel ne pouvait même pas imaginer ?

En fait, les deux monstres avaient l'air de quitter le coin... mais d'une drôle de manière. Au lieu de passer par une porte, comme tout le monde, ils étaient au milieu d'un tourbillon de fumée, un étrange nuage scintillant, semblable à une phosphorescence sur une mer tropicale... Certainement une fumée magique ! Elle avait dû les transporter dans le musée et, maintenant, elle les faisait disparaître. Ils commencèrent à s'estomper tandis que la fumée s'enroulait et ondulait autour d'eux comme le cobra d'un charmeur de serpents.

C'était fascinant ! Et malgré sa frayeur, Nigel se laissa captiver par ce phénomène magique.

Brusquement, une grosse voix le fit redescendre de son nuage.

— Hé, vous là-bas ! Ne bougez plus !

Un gardien !

Au moment de se remettre à courir pour rejoindre ses amis, Nigel jeta un dernier coup d'œil par-dessus son épaule. Les monstres avaient pratiquement disparu dans la fumée magique. Mais juste avant qu'ils se soient complètement évaporés, Nigel aperçut quelque chose, ou plutôt quelqu'un, qu'il n'avait pas remarqué auparavant.

C'était une fille.

Elle avait une longue frange paille et des cernes sous les yeux. Debout devant les monstres, elle paraissait minuscule, vulnérable, et résignée.

Il sembla à Nigel qu'il l'avait déjà vue quelque part.

Mais il n'eut pas le temps de l'observer davantage car elle disparut, elle aussi, et, avec le gardien à ses trousses, il avait plutôt intérêt à filer !

Il rattrapa le groupe qui courait vers la fenêtre.

— Arrêtez-vous ! cria le gardien.

— Ne l'écoutez pas, ordonna Uriah à ses troupes. Tirons-nous d'ici en vitesse !

— Arrêtez ! répéta le gardien.

Cette fois, Nigel obéit. Il attrapa Uriah par le bras et l'obligea à s'arrêter aussi.

— Uriah, dit-il, haletant, il faut nous rendre. Inutile d'aggraver notre cas. Et, en plus...

Nigel se retourna. Le garde allait les rattraper. Il avait l'air furieux, et sa main droite était posée sur un étui à revolver noir fixé à sa ceinture.

— Il est armé !

— Tu n'as qu'à rester, idiot ! aboya Uriah, en dégageant son bras.

Nigel tiqua en entendant Uriah l'appeler par le nom qu'il s'était lui-même donné quelques instants plus tôt.

Idiot. Idiot, idiot, idiot. Je suis vraiment idiot.

Uriah l'attrapa par les épaules en criant :

— Oui, reste, si tu y tiens. Mais si tu dis que j'étais avec toi, je te réduirai en chair à pâté, tu entends ?

— Je... je...

Nigel ne put répondre. Alors, Uriah le lâcha avec un ricanement méprisant, puis se hâta vers la fenêtre ouverte et enjamba le chambranle.

Nigel ne bougea pas. Peu après, une lumière éblouissante venue de la même fenêtre l'obligea à mettre la main devant ses yeux, et une grosse voix cria du dehors :

— Pas un geste !

Nigel s'approcha de la fenêtre et jeta un coup d'œil furtif à l'extérieur. Plusieurs policiers munis de torches et prêts à sortir leurs revolvers avançaient vers ses anciens amis.

— Vous n'irez pas plus loin, les gars, dit

le brigadier-chef. Je suis le brigadier Lair. Nous allons vous emmener au commissariat et vous nous raconterez ce que vous faisiez ici. Avancez, et ne tentez rien que vous puissiez regretter !

Une demi-heure plus tard, Nigel se retrouvait dans le bureau du brigadier Lair avec Laurent, Kurt et Uriah, tous les quatre alignés sur un banc – le banc des suspects.

« C'est bien ça, songea Nigel, portant une main tremblante à son front moite, nous sommes des suspects. »

Et, comme à la télé, il y avait le bon flic et le méchant. Le brigadier Lair était le bon flic. Il regardait les garçons d'un air à la fois dédaigneux et perplexe.

— Des monstres, hein ? Vous voulez que je vous dise ?...

Nigel retint sa respiration. Il avait vu Irma, la fille du brigadier Lair, au collège. C'était une farceuse, toujours prête à plaisanter, à s'amuser. Peut-être qu'elle et son père avaient le même caractère !

— Je ne crois pas un mot de ce que vous m'avez raconté, poursuivit le brigadier.

Il croisa les bras sur son torse puissant. Des épis rebelles se dressaient sur sa tête grisonnante et on le sentait légèrement agacé. Tout dans son attitude indiquait qu'avec lui, il valait mieux se tenir tranquille.

Uriah, bien sûr, s'en moquait éperdument. Tandis que Nigel se faisait tout petit, l'autre continuait de protester :

— Mais c'est la vérité, monsieur ! On les a vus !

Alors le gardien du musée, qui bouillait en silence dans un coin de ce bureau miteux, s'avança brusquement.

— Vous avez poussé la plaisanterie trop loin, cria-t-il à Uriah. Vous avez effrayé tous les gens du musée. Même les journaux en ont parlé... C'est sans doute ce que vous vouliez, d'ailleurs.

Le gardien était devenu cramoisi.

— Mais pour vous ce n'était pas encore assez, lança-t-il, et vous avez essayé de remettre ça. Seulement, cette fois, les choses ne se sont pas passées comme vous l'aviez prévu, n'est-ce pas ?...

Tout en parlant, le gardien allongea le bras derrière le bureau et en sortit l'épée que Kurt avait utilisée pour repousser les monstres. Il leur présenta aussi un tableau – la nature morte – avec une vilaine déchirure en son centre, juste au milieu d'un bel abricot.

— Voyons, Frank ! ironisa le brigadier Lair. Ils te l'ont déjà dit. Les coupables, ce sont les monstres... Pas eux !

— D'accord ! s'écria Nigel, incapable de se taire plus longtemps. Ce n'étaient peut-être pas de vrais monstres. Mais, en tout cas, nous n'étions pas seuls dans le musée, ça j'en suis sûr !

— Je vais vous expliquer, intervint Uriah en jetant un regard noir à son camarade.

Nigel comprit tout de suite qu'Uriah allait raconter un gros mensonge aux policiers. Ce qui ne pouvait qu'aggraver encore leur situation. Par chance, le gardien du musée ne lui laissa pas la parole.

— Inutile. On la connaît votre histoire. Mais la juge Cook, j'en suis sûr, sera ravie de l'entendre.

Là-dessus, un groupe de personnes entra dans la pièce. La première était une femme vêtue d'un élégant tailleur bleu. Sans doute la juge Cook. Elle avait des cheveux noirs coupés au carré, des yeux doux et un joli visage, mais sa bouche crispée et sa coiffure lui donnaient une expression un peu sévère.

Derrière elle suivaient les parents. Ceux de Kurt avaient l'air aussi malheureux et désemparés que leur fils. Le père de Laurent avait posé son gros bras autour du cou de sa femme, bouleversée. Les mouvements nerveux de son épaisse moustache blonde trahissaient sa colère. Les parents d'Uriah − vêtus de tenues si impeccables qu'elles semblaient tout juste sorties de leur emballage − étaient accompagnés d'un homme à lunettes portant une volumineuse serviette.

Enfin, il y avait le père de Nigel. En

voyant son expression triste et abasourdie, Nigel baissa la tête, honteux.

« Je n'ai que ce que je mérite, songea-t-il. Quel imbécile j'ai été !... Quel égoïste ! Heureusement que Maman n'est pas là. Elle a déjà eu assez d'épreuves sans avoir à souffrir en plus des bêtises de son fils... Un criminel, voilà ce que je suis ! Un criminel ! »

Plongé dans ses pensées, Nigel ne prêtait guère attention aux vives discussions des adultes.

— Tous les parents sont-ils là ? demanda la juge.

Elle jeta son trench-coat sur le dossier d'une chaise et se posta debout derrière le bureau du brigadier Lair.

La mère d'Uriah s'avança.

— Bonsoir, madame la juge, commença-t-elle. Voici notre avocat (de son bras maigre, elle désigna le monsieur qui se tenait à ses côtés). Il vous le dira... mon Uriah est innocent !

D'une voix aiguë, elle se mit à vociférer :

— C'est la mauvaise influence de ses amis qui est à l'origine de tout ça ! Ce sont eux qui l'ont entraîné !

— Calmez-vous, murmura l'avocat. Laissez-moi parler...

— Non, maître, dit la juge fermement. C'est moi qui parlerai. Votre petit Uriah et ses amis ont fait preuve d'irresponsabilité. Cela aurait pu leur coûter très cher. Mais, pour cette fois, je n'engagerai pas de poursuites. Je veux seulement qu'ils comprennent qu'ils ont fait une grosse bêtise. J'ai moi-même une fille de leur âge. D'ailleurs, elle fréquente la même école.

— Alors, dit timidement la mère de Kurt, vous voulez dire qu'ils n'iront pas en prison ?

— Non, déclara la juge, croisant les bras. Par bonheur, le tableau qu'ils ont abîmé n'est qu'une reproduction. L'original est en cours de restauration. J'ai déjà parlé au directeur du musée. Il accepte de retirer sa plainte.

La mère d'Uriah eut un sourire triomphant.

— Quel soulagement ! déclara-t-elle.

— Mais, reprit la juge avec un regard lourd de sous-entendus en direction des coupables, ils méritent néanmoins une sanction !

La juge, apparemment, avait d'autres plans pour eux.

Après avoir traversé la ville avec Elias, les Gardiennes étaient arrivées devant une haute maisonnette au toit pointu, loin de la bruyante place du village.

— Venez, ne craignez rien, leur dit Elias en montant l'escalier.

« Il en a de bonnes, lui ! songea Taranee. Autant me demander de ne pas respirer... Depuis que j'habite Heatherfield, je n'ai pratiquement jamais cessé d'avoir peur. »

Bien sûr, au début, ses peurs étaient plutôt banales : elle tremblait à l'idée d'être une nouvelle au collège, s'inquiétait de ne pouvoir trouver son chemin en ville, et se demandait si elle se ferait de nouveaux amis.

Elle riait presque en y pensant. Ces craintes, communes à la plupart des filles de son âge, lui semblaient maintenant dérisoires au regard de la situation actuelle. À présent, le sort du monde reposait sur ses épaules. Et elle était coincée à l'intérieur d'un tableau !

Si seulement elle avait pu utiliser ses pouvoirs magiques, elle se serait certainement sentie beaucoup mieux. Au début, ses pouvoirs l'effrayaient. Avec cette faculté qu'elle avait de faire jaillir du feu dans le creux de sa main, elle s'imaginait qu'elle allait provoquer malgré elle toutes sortes de catastrophes. Elle était notamment persuadée qu'un matin, elle trouverait son oreiller grillé comme un gros marshmallow.

Finalement, aucune catastrophe de ce genre n'était arrivée et, en vérité, depuis qu'elle occupait ses fonctions de Gardienne, son pouvoir sur le feu l'avait sortie de nombreux mauvais pas. Elle avait même réussi à libérer ses amies emprisonnées dans les bulles flottantes de la Zone Obscure du Non-Lieu.

« Mais tout ça, c'est du passé, songea Taranee. Elyon nous a piégées et privées de nos pouvoirs. Nous sommes enfermées ici comme des poules dans un poulailler. »

— Mettez-vous à l'aise, dit Elias en atteignant le haut de l'escalier.

La pièce dans laquelle elles débouchèrent était un atelier d'artiste lumineux, aménagé sous le toit, avec des dizaines de toiles posées à même le sol, une palette et un éventail de pinceaux encore humides. L'air avait un parfum de soleil et de peinture à l'huile. Taranee – qui ne se sentait nulle part mieux que dans sa chambre noire à développer des photos – fut surprise de s'apercevoir qu'elle trouvait cette pièce confortable.

Elle jeta un coup d'œil sur quelques-unes des toiles. Aucune ne semblait vraiment finie et elles avaient toutes un aspect délavé.

« Elias doit être au début de sa tâche », se dit-elle.

Elle savait que la peinture à l'huile consistait à rajouter des couches de couleur l'une après l'autre, en créant à chaque fois un peu plus de profondeur et de lumière.

— J'habite ici, dit Elias en retirant sa cape. Ce n'est pas somptueux, ajouta-t-il comme s'il voulait s'excuser, mais ça me suffit. J'aime la vue sur la cathédrale.

— Alors, vous êtes peintre, dit Will, en parcourant la pièce du regard.

— Oui, répondit Elias d'une voix douce, si on veut.

Lentement, il se dirigea vers une toile posée sur un chevalet, à l'autre bout de la pièce. Un drap couleur lavande recouvrait le tableau. Les mâchoires crispées, Elias retira l'étoffe.

Taranee se pencha pour regarder. Comme les autres peintures de l'artiste, celle-ci manquait de densité. Le personnage – une femme en robe d'autrefois – était aussi pâle qu'un fantôme. Les traits de son visage semblaient avoir été effacés et ses doigts repliés sur sa jupe gonflante étaient flous. Les ondulations des collines que l'on apercevait par la fenêtre, derrière elle, étaient simplement suggérées par quelques touches de peinture verte.

— Voilà tout ce dont je suis capable, maintenant, se lamenta Elias. Des ombres... des ébauches de personnages. Sans mes couleurs, je ne suis bon à rien.

— Mais celles-ci ne vous suffisent pas ? fit remarquer Cornelia en montrant des petits pots près de la palette.

Elias soupira et remit le drap sur sa toile.

— Ces tableaux ne sont que des illusions, répondit-il, plein d'amertume. C'est ça, la malédiction de Phobos.

Il se tourna vers ses hôtes, les lèvres pâles et les yeux brillants de colère.

— Et maintenant cette malédiction vous a frappées aussi. Qu'avez-vous fait pour mériter ce châtiment ? Avez-vous regardé Phobos ? Avez-vous tenté de vous approcher de sa demeure ?

— Eh bien, commença Hay Lin en jetant un regard de côté vers ses camarades, c'est une longue histoire.

Irma leva les yeux au ciel et s'avança d'un air décidé.

— Je vais vous expliquer en deux mots, dit-elle. Nous devons sauver le monde, mais Phobos et sa sœur veulent nous en empêcher.

— Quel raccourci ! commenta Cornelia.

Irma haussa les épaules d'un air vexé.

— Je n'y peux rien, je ne suis pas poète. Je raconte les choses telles qu'elles sont... et si ça ne te plaît pas, c'est le même prix !

Taranee réprima son envie de rire. En une phrase, l'incorrigible Irma avait dédramatisé leur mission et, du même coup, l'avait dépouillée de son prestige.

« Et ce n'est pas du goût de Mlle Cornelia ! » se dit Taranee.

D'un regard, Will rappela à l'ordre ses
deux amies et sourit à Elias.

— À vrai dire, ce n'est pas tout à fait
cela, précisa-t-elle. Nous sommes les Gardiennes de Kandrakar.

— Oh ! s'exclama Elias.

Il se mit alors à dévisager les filles
comme si elles étaient des êtres surnaturels
– de la même façon que les gens du village
l'avaient regardé, lui, au début.

— Vous êtes les fameuses Gardiennes de
la Muraille ! Dans la Zone Obscure du Non-
Lieu, on murmure votre nom avec crainte.

Sous le regard d'Elias, Taranee se sentit
soudain un peu gênée de ses collants rayés,
ses poignets turquoise et sa coiffure excen-
trique.

— Pour sauver le monde, vous me
paraissez bien jeunes.

— Nous le sommes, en effet, confirma
Taranee. En fait, nous avons reçu nos pouvoirs il y a peu de temps.

— Des pouvoirs malheureusement déjà hors d'usage ! se plaignit Irma.

Elle s'approcha nonchalamment de l'une des hautes fenêtres, ouvertes toutes grandes pour laisser entrer les douces brises printanières.

— Dans ce tableau, l'air, l'eau, le feu et la terre ne nous obéissent plus.

— Oui, ici on ne contrôle rien, expliqua Elias. Vous vous apercevrez bientôt que vous n'avez ni faim, ni soif, ni sommeil...

— Mais comment savez-vous tout ça ? interrompit Hay Lin. Qui êtes-vous, monsieur ?

— Je pensais que vous auriez deviné maintenant. Je suis celui qui a réalisé ces tableaux, répondit-il, la main sur le cœur. Elias Van Dahl, portraitiste officiel de la cour de Méridian... Du moins, l'étais-je tant que Phobos l'a voulu.

Taranee, émue, fit un pas en avant. Elle aurait voulu poser sa main sur l'épaule du peintre par sympathie. Il avait l'air si malheureux !

Mais toutes les paroles consolantes qu'auraient pu prononcer Taranee et ses amies auraient été sans effet. Le regard vide, il fit signe aux Gardiennes de s'asseoir. Elles s'installèrent sur des coussins et des caisses recouvertes d'une bâche, sans quitter Elias des yeux.

Et il commença à raconter son histoire.

— Pendant longtemps, j'ai travaillé pour la famille royale. J'ai peint le roi et la reine dans leurs habits de couronnement. Après leur mort, j'ai réalisé des œuvres plus sombres, exprimant la douleur du royaume. Puis Phobos est monté sur le trône.

À la seule mention du nom de ce prince malfaisant, il serra les poings.

— La vie à Méridian n'avait jamais été facile, reconnut-il. Mais sous la férule de Phobos, elle est devenue infernale. Il était obsédé par son propre pouvoir. Personne n'était assez bien pour avoir le droit de contempler son beau visage, au point qu'il fit détruire toutes les représentations de lui. Les places publiques et les bibliothèques de

Méridian se couvrirent de débris de statues et de bustes. Les tableaux furent lacérés. Et Phobos se mura dans son château. Le seul lien qu'il gardait avec son peuple était les Murmurants – d'étranges créatures ressemblant à des fleurs, qui lui servaient d'yeux et d'oreilles.

« Je n'étais qu'un simple peintre de cour, poursuivit Elias avec un haussement d'épaules. Mais du seul fait que je pouvais reproduire le visage de Phobos – que je connaissais bien – j'étais considéré comme un ennemi du prince et surveillé en permanence. Une nuit, je sentis la présence d'un géant à mes côtés. Un être à moitié serpent, à moitié homme. Il me suivit jusqu'à chez moi en sifflant des menaces dans mon dos. Il était accompagné d'un colosse bleu.

Taranee et Will échangèrent un regard stupéfait. Elles ne savaient que trop bien de qui il s'agissait : Cedric !

« Décidément, ce monstre est partout... », songea Taranee.

— Ces monstres voulaient m'intimider,

poursuivit Elias. Et ils y réussirent. Je décidai de quitter la Zone Obscure du Non-Lieu et trouvai un passage menant à une autre dimension et me transportant dans un autre temps. Je suis ainsi arrivé dans votre monde, à une époque où les artistes comme moi étaient appréciés.

— Quelle époque ? demanda Taranee.

— Le dix-septième siècle, en Europe. Sous une nouvelle identité, j'ai commencé une autre vie.

Tandis qu'Elias évoquait ses souvenirs, une légère rougeur colora ses joues pâles. Pour la première fois depuis que les Gardiennes l'avaient rencontré, il sourit d'un air détendu et spontané.

— J'étais libre de peindre, reprit-il avec un soupir, de rêver, d'espérer et même... d'aimer.

En prononçant ce dernier mot, sa voix se brisa imperceptiblement. Il caressa du bout des doigts une de ses toiles, puis laissa retomber sa main.

Taranee remarqua alors quelque chose qui

ne l'avait pas frappée jusque-là : tous les tableaux de l'atelier se ressemblaient.

Malgré leur caractère délavé et flou, Taranee distinguait la silhouette d'une femme aux cheveux bruns vêtue d'une robe rose. Elle avait un sourire enjoué et confiant, et des yeux noisette ou peut-être verts – les couleurs étaient trop pâles pour pouvoir le dire.

Mais l'amour que le peintre avait mis dans ces toiles était clairement perceptible.

— Pendant un temps, hélas, bien trop court, continua Elias d'une voix rauque, la vie fut merveilleuse. Mais Phobos ne me pardonnait pas ma fuite. Le seigneur Cedric et deux énormes brutes à peau bleue finirent par me trouver. Ils me surprirent dans mon atelier, où je peignais mon Alexandra bien-aimée, et se saisirent de moi. Je me rappelle encore tous les mots de Cedric : "Puisque tu aimes tant ton travail, tu passeras le reste de ton existence dans l'une de tes œuvres !"

« Bien sûr, Cedric ne me bannit pas dans

le portrait d'Alexandra, précisa Elias d'un air triste. La présence de mon aimée m'aurait réconforté... Au lieu de cela, il choisit *Le printemps éternel*. Le tableau devint une porte de la Muraille. Cedric m'expédia par cette porte et la referma pour toujours. Il retourna à Méridian, me laissant languir ici dans ce monde frivole que j'avais créé et qui, soudain, s'anima.

Taranee en avait le souffle coupé. Elias se tut pendant un moment. Tandis que ses amies secouaient la tête, incrédules, Taranee tendit le cou pour regarder par la fenêtre. Elle aperçut la foule, au loin, sur la place. Il était difficile de croire que ces gens n'existaient pas vraiment et que leur vie se répétait indéfiniment, comme sur une sorte de manège cosmique, sans qu'ils puissent jamais connaître les plaisirs du sommeil, d'un repas chaud ou de l'amour.

Puis Taranee regarda Elias. Le chagrin avait creusé ses joues et courbé son dos. « Je me demande si un garçon pourrait un jour m'aimer à ce point », se dit-elle.

Et elle se mit à rêver : si, par miracle, un garçon tombait amoureux d'elle, serait-elle trop timide, trop craintive, pour saisir l'occasion ?

Elle se rendit compte, alors, qu'Elias avait repris son récit.

— Ce tableau s'intitule *Le printemps éternel*, fit-il remarquer, mais normalement il devrait s'appeler *La dernière larme*. J'avais imaginé une histoire. Cet endroit était une cité joyeuse, où personne n'avait eu de raison de pleurer durant des siècles. Pour leur rappeler la chance qu'ils avaient, les habitants avaient mis la dernière larme versée dans une fiole qu'ils conservaient au centre de leur cathédrale.

Elias se dirigea lentement vers la fenêtre et regarda la ville. Taranee le rejoignit.

— Ces gens sont irréels, soupira-t-il en suivant du regard deux adolescentes grassouillettes qui descendaient le chemin d'en face. Mais ils vivent une journée interminable.

— Quel cauchemar ! dit Taranee.

— Phobos est un être malfaisant, poursuivit Elias d'une voix étranglée. Il m'a forcé à rester dans ce tableau pendant... combien de temps... ?

— Quatre siècles, répondit Will doucement. Nous venons du vingt-et-unième siècle.

— Quatre siècles, répéta Elias dans un souffle.

— Vous ne faites pas votre âge, crut bon de dire Irma.

— Tais-toi ! siffla Cornelia entre ses dents.

Hay Lin s'approcha d'un tableau et observa le sourire de la femme qui y était représentée.

— Et la femme de ce portrait, Alexandra ?

— Je n'ai pas pu lui dire adieu, se lamenta Elias. Et ce sera pour moi une éternelle souffrance. Si, au moins, je pouvais la dessiner...

À ces mots, sa voix s'étrangla à nouveau et il ne put achever sa phrase. Il cacha son visage dans ses mains. Taranee sentit des larmes lui monter aux yeux et poussa un profond soupir. L'histoire d'Elias valait les romans les plus pathétiques, sauf que, là, il ne s'agissait pas d'un roman mais d'une histoire vécue. Tout cela était vraiment trop triste !

Will lança à ses amies un regard désolé, tandis que les épaules d'Elias étaient secouées de sanglots silencieux. Quand le peintre se fut ressaisi, elle s'approcha de lui.

— Elias, nous vous aiderons à dessiner Alexandra, annonça-t-elle d'un ton déterminé. Je crois savoir comment raviver vos couleurs.

— Comment ? balbutia Elias.

— Eh bien..., fit Will en regardant autour d'elle.

Essayant de comprendre où son amie voulait en venir, Taranee suivit son regard et ne vit qu'une maison médiévale composée de peinture et de toile, et cinq filles avec des ailes dans le dos.

— Ma question peut sembler stupide, dit alors Will avec un petit rire, mais... croyez-vous à la magie ?

Will et ses compagnes se dirigèrent alors vers la place avec Elias. Tandis que le petit groupe se frayait un chemin parmi la population en fête, l'animation cessa d'un coup.

— *Ooooh !* s'écria une femme, montrant les ailes de Will d'un air apeuré.

— Encore elles ! s'indigna un soldat casqué.

Près de lui, un gros bonhomme à la barbe rousse regardait d'un air désapprobateur les tenues extravagantes des Gardiennes.

— Quelle impudence ! renchérit-il.

« Génial, songea Will avec ironie. Moi qui ai toujours détesté attirer l'attention... »

Elle sentit ses épaules se crisper. Ses yeux s'arrondirent et ses mains se mirent à trembler. Elle jeta alors un coup d'œil du côté de ses camarades.

Cornelia soutenait les regards des badauds dans une attitude de défi.

Hay Lin se soumettait à leur examen avec un sourire ostensiblement insouciant et radieux.

Irma, bien sûr, se passait la main dans les cheveux en prenant des airs de star.

« Ça, c'est Irma tout craché, se dit Will avec un petit sourire. Elle ne demande qu'à jouer les vedettes... Tout mon contraire. »

En tout cas, aucune de ses amies ne semblait gênée d'être là. Après tout, elles ne leur voulaient pas de mal à ces gens ! En fait, si elles parvenaient à briser le sortilège, les Gardiennes pourraient même les sauver de cet éternel printemps.

« Bon, très bien ! » se dit-elle en redressant la tête. Elle laissa retomber ses épaules et se mit à marcher derrière Elias d'un pas confiant.

Le peintre, lui aussi, se montrait jovial.

— Tranquillisez-vous, braves gens ! Ces demoiselles sont nos amies. Elles viennent nous aider.

Elias se tourna vers Will, le visage assombri par un soudain accès de doute.

— C'est du moins ce que vous m'avez laissé entendre, murmura-t-il.

— Oui... enfin, j'ai une idée, confirma Will d'une voix tremblante.

L'incertitude commença alors à gagner son esprit. Elle était tout à fait sûre d'elle, quelques instants plus tôt, dans l'atelier d'Elias. Mais, à vrai dire, elle ne savait pas si son plan marcherait.

Et la réflexion d'Irma ne fit rien pour arranger les choses.

— Une drôle d'idée, à mon avis, décréta son amie.

Will, surprise, la fusilla du regard. Qu'est-ce qui lui prenait, tout à coup ? Le moment était venu d'expliquer le fond de sa pensée.

— Écoutez-moi bien, déclara-t-elle, la première chose que j'ai remarquée ici, c'est l'immobilité.

Tout en marchant, Elias et les Gardiennes s'étaient penchées pour entendre ses propositions. Will inspira profondément et reprit :

— On vit dans un instant qui ne passe jamais. Alors je dis : « Il faut changer les règles. » Nous allons nous attaquer au sortilège de Phobos et voir ce qui arrive.

Elias semblait sceptique.

— Mais comment comptez-vous agir sans vos pouvoirs ? demanda-t-il.

— Nous n'avons pas besoin de pouvoirs pour ça. Parfois, un peu de créativité suffit.

Elias s'arrêta net.

« Ça y est ! s'inquiéta Will. Je parie que l'idée lui déplaît. Il va devenir hargneux, ou pire, condescendant ! » Mais Will se trompait. Le groupe venait simplement d'atteindre sa destination.

— Nous voici arrivés, annonça Elias.

Devant eux se dressait la majestueuse cathédrale qui dominait la place centrale. Impressionnées, les Gardiennes montèrent l'escalier et levèrent les yeux vers les hautes portes en bois.

— Jusqu'à présent, vous avez utilisé de l'eau du puits pour dissoudre vos couleurs, dit Will à Elias.

— Oui.

— Maintenant, vous utiliserez la larme enfermée dans la fiole, déclara-t-elle. Une larme est un signe de tristesse, oui, mais aussi d'humanité. Qui sait ? Peut-être que cela changera le cours des choses !

— Hmmm...

Ce bruit provenait de Taranee qui essayait de pousser les portes.

— C'est fermé ! lâcha-t-elle, à bout de souffle.

« Naturellement ! songea Will en soupirant. Le contraire aurait été trop beau ! »

Mais Elias semblait s'y attendre, et, toujours aussi déterminé, il avisa deux individus solidement charpentés qui s'affrontaient dans un bras de fer.

— Hé, leur cria-t-il, venez nous aider à ouvrir !

Les deux hommes haussèrent les épaules et se levèrent pesamment. Tandis qu'ils approchaient, Elias se tourna vers Will. Il avait les joues rouges d'excitation.

— Un monde qui ne change pas est un monde sans espoir, n'est-ce pas ?

— Je le crois, Elias. Peut-être qu'il ne se passera rien, mais... pourquoi ne pas essayer ?

Elias hocha la tête et se mit à côté des deux hercules. À trois, les hommes donnèrent un grand coup d'épaule contre les portes de l'église.

Sans résultat.

— Encore ! aboya Elias.

Boum !

— Allez, plus fort ! Vous y êtes presque, les gars ! cria Irma en sautant comme une puce et en agitant les poings en l'air.

Boum ! Crac !

Les portes commençaient à céder. Les hommes redoublèrent leurs efforts, et, brusquement, elles s'ouvrirent.

— Hourra ! s'écria Hay Lin.

Les Gardiennes, tout excitées, se précipitèrent à l'intérieur au milieu des rires et des éclats de voix. Mais, juste après, tout le monde se tut.

Will leva la tête vers le plafond, d'une hauteur impressionnante. Il était couvert de dorures et de ravissantes fresques représentant des chérubins et des anges. Des bougies scintillaient sur des lustres somptueusement décorés. Au fond de l'église, un gigantesque vitrail rond laissait entrer des rayons de lumière aux couleurs de l'arc-en-ciel.

— C'est vraiment superbe ! murmura Irma.

— Magnifique, confirma Cornelia, pour une fois d'accord avec Irma.

— Jusqu'à maintenant, je n'avais dessiné que l'extérieur, confia Elias d'une voix émue en avançant dans l'allée centrale.

Will aperçut l'autel au milieu de la nef. Croisant les doigts, elle se dirigea vers le socle sur lequel était posé un coussin de soie rose. Niché au creux du coussin, elle découvrit un petit flacon de verre fermé par un bouchon.

Elle le saisit délicatement. Le verre était recouvert de poussière, mais chaud, comme si la vie elle-même sommeillait à l'intérieur.

« Ça *doit* marcher », se dit Will.

Elle tendit la fiole à Elias avec une grande émotion.

— Ce doit être la dernière larme, dit-elle. Prenez-la, Elias, et utilisez-la pour vos couleurs.

Tandis qu'Elias, émerveillé, regardait le petit flacon, Will se sentit envahie d'une bouffée d'orgueil. Elle leva les yeux vers le plafond de la cathédrale avec un sourire de défi. Elle aurait aimé que Cedric assiste à la scène. Elle imaginait sa rage en les voyant braver son sortilège et s'apprêter à fuir sa prison.

Elle l'entendait fulminer en arpentant une de ses pièces sombres et froides où il vivait, sous le regard de son stupide larbin, Vathek.

— Ce n'est pas possible ! Ces filles mettent ma patience à rude épreuve.

— Que peut-on faire pour en venir à bout ? demandait Vathek, en se tordant les mains d'impatience.

— Rien ne marche ! se plaignait Cedric. Pourquoi les choses sont-elles si compliquées ? Jadis, les gens frappés par un sortilège acceptaient leur sentence et restaient sagement dans leur coin. Ces filles sont si... arrogantes !

Will riait sous cape. Elle était ravie de contrarier cet horrible Cedric et, pour prolonger le plaisir, elle se laissa aller à imaginer la suite de cette scène.

— C'est vrai, maître, renchérissait Vathek. Voulez-vous que je m'en charge ?

Dans le scénario de Will, Cedric s'immobilisa.

Il se tourna vers Vathek, avec un désir de vengeance dans son regard glacial. Il secoua la tête, tandis qu'un mauvais sourire se dessinait sur son visage aux traits parfaits. Will en eut soudain la chair de poule.

— Non, Vathek, dit Cedric de sa voix sifflante. Je connais quelqu'un qui ne demande qu'à rencontrer les Gardiennes et se fera un plaisir de leur régler leur compte !

Will essaya de chasser de son esprit ces images terrifiantes. Mais lorsqu'elle revint à la réalité, celle-ci se révéla pire encore.

— Monsieur Van Dahl, rugit une voix étrangement familière.

Will se retourna aussitôt pour voir d'où venait cette voix. Elle semblait se répercuter sur toutes les pierres de l'immense cathédrale.

— Si j'étais vous, je n'irais pas plus loin avec cette fiole, dit la voix.

Puis, quelque chose se produisit au milieu de l'allée centrale. Cela commença par une légère déformation de l'air. La vue de Will se troubla.

Un cercle de fumée argentée s'éleva vers le plafond. Ses mouvements s'accélérèrent, puis le cercle s'élargit, dessinant un anneau de trois mètres de diamètre et, en un clin d'œil, se transforma en un tourbillon aux crépitements terrifiants.

« C'est... c'est une porte ! » comprit Will, affolée.

Fwaaaammmm !

« Et ça – je le connais trop bien – c'est le bruit de quelqu'un qui franchit la porte », se dit-elle en poussant un petit cri.

Tagada, tagada, tagada !

— Yah !

Soudain, un cavalier surgit au centre du tourbillon... un monstre bleu au sourire carnassier. Sa lourde armure cliquetait bruyamment et sa monture, qui ressemblait plus à un rhinocéros qu'à un cheval, crachait par les naseaux des jets de vapeur rouge.

— C'est Frost le chasseur ! hurla Will.

Les Gardiennes avaient déjà eu affaire à

lui et avaient réussi à le semer. Depuis, il leur en voulait à mort.

« La conversation entre Cedric et Vathek n'était peut-être pas imaginaire, finalement... Mon Dieu, qu'allons-nous devenir ? », songea Will en frissonnant d'angoisse.

Mais, tout à coup, elle pensa à quelque chose : « Si Cedric est vraiment en train de nous observer, et s'il a cru que la situation était assez critique pour envoyer son meilleur chasseur, c'est que je suis sur une piste intéressante ! »

Will se retourna et saisit Elias par les épaules.

— Elias, j'avais raison ! s'écria-t-elle. On peut briser le sortilège ! Frost en est la preuve.

— Mais...

Elias avait les yeux exorbités de terreur. Le rhinocéros de Frost tournait autour du groupe en martelant furieusement le sol de ses gros sabots. Mais Will n'avait pas le temps d'avoir peur.

— Faites ce que je vous dis ! ordonna-t-elle. Rentrez chez vous, vite, et mélangez vos couleurs avec cette larme !

Sans lui laisser le temps de répondre, et sans trop réfléchir à ce qu'elle faisait, elle le poussa vigoureusement hors de leur cercle. Il échappa de justesse aux cornes du rhino-céros mais réussit à passer.

Irma lui fit signe de quitter la cathédrale.

— Partez, maintenant ! cria-t-elle à son tour. On s'occupe de Frost.

Elias se hâta vers la sortie. Frost le laissa s'enfuir car seules les Gardiennes l'intéres-saient.

Ce dont Cornelia se serait volontiers pas-sée.

— Bravo, Irma ! siffla-t-elle à son amie. Et comment comptes-tu t'y prendre ?

— C'est ça le problème avec toi, Corne-lia, répliqua Irma. Il faut toujours que tu fasses des plans ! Moi, j'improvise.

— Nous n'avons d'ailleurs pas le choix, dit Will nerveusement.

Frost, lui aussi, avait son plan. Il avait arrêté son coursier devant l'autel de la dernière larme, à présent vide. Derrière lui, le vitrail formait comme une auréole céleste.

« Une auréole pour cette canaille... c'est un comble ! » songea Will. Se tenant par le bras, les filles fixaient leur adversaire avec hostilité.

— Je m'occuperai de votre ami peintre plus tard, leur annonça-t-il. Maintenant, je suis prêt pour vous, mesdemoiselles. Vous m'avez échappé une fois, mais ça ne se reproduira pas.

— Je regrette de vous contredire, rétorqua Hay Lin gaiement, mais nous sommes tout près de la porte.

Elle pointa le doigt vers l'arrière, puis regarda ses amies avec un grand sourire, et, au même instant, les Gardiennes tournèrent les talons et filèrent à toute vitesse vers la sortie.

— Non ! rugit Frost le chasseur.

Tagada ! Tagada ! Tagada !

Les énormes sabots du rhinocéros résonnaient derrière les filles. En remontant l'allée centrale, Will apprécia rapidement la hauteur de la porte ouverte. Elle devait à peu près mesurer trois mètres.

« Pourvu que ça marche... », songea-t-elle avec angoisse.

À ses amies, elle cria :

— Foncez ! N'ayez pas peur !

— « N'ayez pas peur » ? Tu en as de bonnes, toi ! répondit Cornelia, haletante, à côté d'elle. Tu as vu un peu le monstre ? Il nous rattrapera dans trois secondes.

— Pas sûr, grogna Will.

Là-dessus, elles franchirent la porte, dégringolèrent l'escalier et s'élancèrent sur la place. C'est seulement à ce moment-là que Will prit le temps de regarder en arrière.

Bang !

Elle vit le rhinocéros passer la porte au galop, mais sans son cavalier. Celui-ci gisait sur le sol de la cathédrale, à demi assommé, et poussait des grognements affreux. Les calculs de Will s'avéraient exacts. Sur sa monture géante, la tête de Frost dépassait facilement les trois mètres, et tandis que le rhinocéros franchissait la porte sans problème, le front du chasseur avait heurté le chambranle de la porte avec toute la force d'un bélier.

— Il était trop occupé à nous poursuivre pour penser à se baisser ! s'exclama Will en riant.

Les filles le regardèrent se frotter la tête et gémir.

— Il s'est mis lui-même hors de combat, s'écria Taranee. On n'a rien eu à faire.

— Je n'ai pas menti, hein, Frost ? cria Hay Lin.

— Grrrrr ! rugit le chasseur, qui commençait seulement à reprendre ses esprits. Vous allez le payer cher !

Splash !

La réponse arriva sous la forme d'une orange pourrie qui atteignit Frost en pleine figure.

— Irma ! cria Will d'un air accusateur. Crois-tu vraiment que c'était nécessaire ?

— Mais... ce n'est pas moi ! protesta Irma.

— Non, dit une voix derrière les Gardiennes, c'est nous !

Les filles se retournèrent et virent s'approcher deux soldats furibonds accompagnés d'une multitude de curieux. L'un des soldats s'en prit à Frost :

— Dis donc, chevalier, n'es-tu pas un peu vieux pour courir après cinq jeunes filles ?

— On ne veut pas d'ennuis au village, déclara un jeune audacieux derrière le soldat. Tu ferais mieux de déguerpir !

— Vous ne savez pas à qui vous parlez, grommela Frost, qui se releva en titubant. (Il tira à grand-peine une épée gigantesque du fourreau attaché à sa ceinture.) Ne vous frottez pas à moi !

— Je croyais m'être bien fait comprendre, cria le soldat. Nous t'avons demandé gentiment de filer. Mais si tu veux te battre, tu n'as qu'un mot à dire.

— Ça marche, ça marche !

« Euh, ce n'est pas ce que j'attendais », se dit Will, surprise. Elle chercha dans la foule d'où pouvait bien venir ce cri d'enthousiasme. Soudain, elle aperçut Elias. Il arrivait, le sourire aux lèvres, en agitant un petit bout de toile.

— La larme s'est mélangée à mes couleurs, cria-t-il.

Il tendit le bout de toile à Will. La peinture était encore humide mais colorée. Les rouges étaient vifs, les jaunes, chauds et nuancés.

— Je peux peindre à nouveau ! lança-t-il d'un ton victorieux.

La joie d'Elias était contagieuse. Will s'empara du petit bout de tissu peint et l'agita en l'air en sautant de joie. En même temps, elle sentit plus de souplesse dans sa démarche.

Ses bras aussi semblaient plus légers et plus forts.

« Si la larme a rompu le sortilège, comprit-elle soudain, cela signifie que nous avons retrouvé nos pouvoirs ! »

Will ferma les yeux et serra les poings. Presque aussitôt, elle sentit le courant magique circuler dans ses veines. Il remonta le long de son bras et pénétra dans son cœur, ses muscles, son esprit.

Lorsqu'elle ouvrit les yeux, le Cœur de Kandrakar, dont les pulsations lumineuses étaient plus intenses que jamais, flottait au-dessus de sa paume ouverte.

— Air ! s'écria-t-elle en envoyant à Hay Lin une goutte magique argentée.

— Terre !

Will envoya à Cornelia une goutte magique verte.

— Eau ! Feu !

Irma et Taranee retrouvèrent à leur tour leurs pouvoirs magiques. Hay Lin lança ses bras vers le ciel et déclencha une grande rafale de vent, tandis qu'Irma, faisant changer de direction le jet de la fontaine, arrosait copieusement le chasseur.

Taranee, de son côté, le menaçait avec une boule de feu. Et Cornelia, en tappant des pieds, provoqua une fissure dans le sol qui se dirigea vers la brute bleue.

— Oh ! s'écria Frost paniqué en voyant les Gardiennes entrer en action.

« Ouais ! se réjouit Will. Nous avons gagné ! »

Et ce n'était pas seulement à cause de la magie, comprit-elle soudain. Elle et ses amies avaient survécu à cette dernière bataille en se serrant les coudes et en faisant confiance à leur intelligence.

Elles montraient ce dont elles étaient réellement capables.

Et quand aurait lieu le prochain combat, Will en était plus que jamais convaincue, elles seraient prêtes !

PRENEZ LA FIOLE CONTENANT LA DERNIÈRE LARME, ÉLIAS...

... ET UTILISEZ-LA POUR VOS COULEURS !

TU N'EN FERAS RIEN !

JE T'EN EMPÊCHERAI !

FWAAAM

FROST, LE CHASSEUR !!!

MAIS...

ON PEUT *BRISER LE SORTILÈGE* ! FROST EN EST LA PREUVE ! IL EST ENTRÉ DANS LE TABLEAU !

LE TEMPS PRESSE ! ALLEZ MÉLANGER VOS COULEURS !

ON S'OCCUPE DU *MÉCHANT*, ÉLIAS !

ET COMMENT COMPTES-TU T'Y PRENDRE, IRMA ?

ET SI TU M'OUBLIAIS UN PEU, CORNY !

VOUS M'AVEZ ÉCHAPPÉ UNE FOIS ! C'ÉTAIT *UNE FOIS DE TROP* !

OH NON, MONSIEUR FROST ! ON VA MÊME *RECOMMENCER* !

KKRAAM **GRRR !**

IL DOIT *ABSOLUMENT* NOUS SUIVRE !

HUE, CRIMSON ! *GALOOOPE !*

IL DOIT NOUS SUIVRE OU NOUS *PIÉTINER*, WILL ?

NE PANIQUE PAS ET OBSERVE !

TA-DOOM TA-DADOOM

EN VOULANT NOUS RATTRAPER, FROST A OUBLIÉ DE *BAISSER LA TÊTE ! OUCH !* ÇA DOIT FAIRE *MAL !*

KRONG

OOOH...

ON A UNE PETITE MIGRAINE ?

ATTENTION. IL RÉCUPÈRE !

GRRR ! JE VAIS VOUS...

SPLAT

IRMA !

CE N'EST PAS MOI !

C'EST NOUS ! TU T'ATTAQUES À DES JEUNES FILLES DÉSARMÉES, GRAND LÂCHE ?

!

LES BAGARRES SONT INTERDITES DANS CE VILLAGE, CHEVALIER !

MANANTS ! VOUS NE ME CONNAISSEZ PAS ! JE...

JE CROYAIS M'ÊTRE BIEN FAIT COMPRENDRE, CHEVALIER !

NOUS AUSSI, NOUS SAVONS MANIER LES ARMES ! TU DEVRAS NOUS COMBATTRE !

ÇA MARCHE ! JE PEUX *LES MÉLANGER !*

?!

LA LARME S'EST MÉLANGÉE À MES COULEURS ! ELLES NE SONT PLUS FIGÉES !

ON S'OFFRE
UNE PETITE VISITE
CULTURELLE, LES
FILLES ?

NON,
URIAH...

... ON EST
VENUES VOIR UN AMI !

SALUT !

SALUT...

ET ALORS ?
CE N'EST PAS
SA FAUTE !

JE N'AI
PAS DIT ÇA !

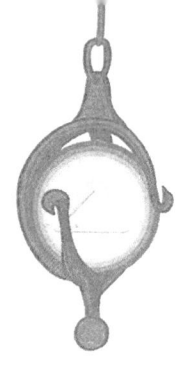

*Tu retrouveras les **5** gardiennes de la Muraille, Will, Irma, Taranee, Cornelia et Hay Lin dans le prochain épisode de leurs aventures :*

Illusions et mensonges